蒼天行盜
第二輯
卷5
紫府玉匣
石章魚 著

這個世界上
沒有什麼真正的秘密

目錄

CONTENTS

第一章

不是偶然

那人霍然轉過頭來，他的嘴上全都是鮮血，
他身穿做工考究的西服，看得出非富即貴，
龍天心認出了他，此人是野生動物園的老闆常宇鋒，
是獵風科技的客戶，在獵風科技治好了失明的雙目。

周拓應了一聲，帶著兩名女同學向觀光車跑去，龍天心又開了一槍，將一條鬣狗射殺在右前方。

三名大學生來到車前，周拓拉開車門，車門裡一隻黑猩猩騰空撲向于曉蓮，周拓大叫一聲，揚起消防斧勇敢地迎了上去，一斧劈砍在黑猩猩肩頭，雖然沒砍中要害，也是鮮血四濺，那黑猩猩被周拓砍得心驚膽戰，轉身風一樣逃走了。

周拓大口大口呼吸著，顯然驚魂未定，此時羅獵大吼一聲：「小心！」他揚起消防斧就丟了出去，消防斧在空中風車一樣旋轉，斧頭命中了從車頂撲下的一頭青狼。

龍天心調轉槍口又及時補上一槍，青狼在空中已經死亡，屍體壓在躲避不及的周拓身上，將周拓撞倒在地。

羅獵讓龍天心和兩位女生先上車，他伸手將青狼的屍體掀開，又將嚇傻了的周拓拉起，周拓甚至都不知自己怎麼上觀光車的。

羅獵上了駕駛艙，這輛觀光車是野生動物園平時用來遊覽的中巴，平時算上司機可以坐二十人。

龍天心早已坐在副駕駛的位置上，向羅獵道：「你會開嗎？」

羅獵道：「這種自動擋的車毫無難度。」他啟動了引擎，切入倒檔，提醒眾人道：「都坐穩了，繫好安全帶！」

周拓仍然沒有回過神來，一旁的于曉蓮主動幫他將安全帶繫上，兩人目光相遇，于曉蓮小聲道：「你好勇敢！」

周拓點了點頭，望著于曉蓮忽然道：「我喜歡你……我喜歡你！」

汽車的尾部蓬地撞中了一物，卻是一隻黑熊傻傻地撲向了汽車的尾部，幾人又是同聲驚呼。

龍天心笑道：「拿出你們談情說愛的勇氣。」她舉起霰彈槍，從窗戶的縫隙中探了出去，瞄準一隻意圖爬上汽車的野猴扣動扳機，那野猴被一槍轟成了肉泥，鮮血糊住了後面的車窗。

羅獵道：「節省子彈！」

龍天心道：「最後一顆了，你想節省都沒了。」

羅獵驅車駛向野生動物園的正門，卻發現大門緊閉，野生動物園的所有大門都是特製，就算是坦克車也無法將之衝破，更不用說他駕駛的這輛民用車，觀景台上的遊客看到下方行駛的觀光車，以為有人來救他們，一個個高聲呼救。

龍天心道：「別理他們，上面幾百人，咱們這一車可裝不下。」

周拓道：「手機沒信號啊，好像是信號塔壞了。」他們剛剛想起報警求助，可所有人的電話都沒有信號。

龍天心道：「笨啊！」她舉起霰彈槍瞄準一旁的車輛，這一槍瞄準了油箱，子彈射中油箱引發了爆炸，一時間火光沖天，龍天心道：「只要不是瞎子應該可以看得見。」

羅獵道：「你不是說沒子彈了嗎？」

龍天心反問道：「我什麼時候說過真話？」她抱著霰彈槍，向羅獵道：「你往東門走。」

羅獵明白了她的意思，東門是最靠近凌天堡的地方，他們這次來的目的就是要進入凌天堡尋找地玄晶，雖然在野生動物園就發生了這樣的意外，可是仍然不能讓他們放棄原來的計畫。

周拓道：「咱們不是應該往山下走嗎？」

龍天心道：「所有大門都封死了，圍牆上都有高壓電網，我們無法攀爬，只有東門靠近凌天堡，在貼近凌天堡的一面是天然的懸崖，並無電網，那裡也是我們唯一可能逃離的地方。」

兩名女生一聽到懸崖就打起了退堂鼓：「懸崖？那……我們怎能爬上去？」

龍天心道：「不爬你們就在這裡等著餵老虎吧。」

兩名女聲頓時不敢說話了，留下來肯定是死路一條，跟著他們兩人或許能夠逃出生天。

龍天心這才感覺自己有些愣了，她穿著一身內衣就跟羅獵逃了出來，其他東西根本沒顧上拿，龍天心暗忖，這下可吃虧了，讓羅獵大飽眼福，偷偷看了看羅獵，發現羅獵的關注點根本不在自己身上，龍天心暗罵羅獵不懂風情，向身後道：「你們誰帶了多餘的衣服？」

那兩名女生雖然逃得匆忙，可她們也沒有忘記把旅行包帶出來，裡面自然有不少的換洗衣服，龍天心隨便挑選了幾件穿上，只覺得自己自從來到這個時代還從未有過如此的狼狽，她拉下化妝鏡，對著鏡子整理了一下頭髮，方才看到自己頭髮亂蓬蓬的，什麼形象都沒了。

羅獵道：「小心！」他猛然踩下了油門。

龍天心朝後視鏡望去，只見後面正有一群犀牛全速向汽車追趕而來，地面因犀牛群的奔跑而劇烈震動起來。龍天心也不禁為之色變，這些犀牛的威力她此前已經見識過，單單是一頭犀牛就已經將用來隔離野獸的玻璃牆撞破，更不用說那麼多的犀牛同時出動。

于曉蓮道：「這些野獸好像全都發了狂。」

龍天心冷冷道：「還用你說。」

羅獵道：「這世界懂得使用藥物的不僅僅是你。」他一個熟練的拐彎，汽車繞過前方的彎道，可犀牛群仍然鍥而不捨，很快就追過彎道。

羅獵實在是有些頭疼了，因為是山路，他並不敢全速前進，不然就算可以甩開犀牛群，也可能造成失控，雖然旁邊並非懸崖，可一旦失控會造成脫離主路甚至會翻車，到時候只會更加麻煩。

龍天心暗暗焦急，她也知道就算換成自己駕駛也不可能比羅獵更好，前方的道路卻變得越來越曲折，犀牛群一分為二，一部分繼續沿著道路追趕，另外一部分竟然抄近路繞向他們的前方，意圖從前面進行阻攔。

羅獵看出這些犀牛的意圖，忍不住罵道：「簡直都成精了。」

龍天心道：「快了，快到了！加快速度，衝過去！衝過去！」

羅獵已經將油門踩到了最底部，力爭在犀牛群繞道前方形成堵截之前從道路上衝過去，三名大學生的心都提到了嗓子眼，他們還年輕，有生之年還沒有過這樣凶險的經歷。

觀光車急速向前方衝去，繞行到前方的犀牛群也開始向道路上衝去，率先衝到道路中心的犀牛被觀光車撞了出去，可一個接著一個的犀牛馬上湧了上去，將前方的道路堵了個水泄不通。

車廂外響起疾如落雨的聲音，一頭頭憤怒的犀牛衝撞著這輛觀光車，不時有犀牛角穿透車廂伸了進來，三名大學生發出驚恐的叫聲。

羅獵提醒他們全都靠到左側，他們已經來到凌天堡一面的懸崖下，羅獵起身來到車廂中部，將上方的天窗打開，第一個從裡面鑽了出去，然後伸手將龍天心拉了上去。

犀牛的輪番衝撞讓車身顫抖不已，于曉蓮將手伸向羅獵還沒有抓住，就因車身被撞擊震動而跌倒車廂內，周拓慌忙扶起了她，羅獵提醒他們要鎮定，他將他們一個個從車內拉了上來。

犀牛群終於發現不停撞擊汽車的右側只能讓汽車越來越貼近山崖，而且就算將這輛車撞扁也無法將車輛撞翻，牠們開始將目標轉向車頭。

羅獵指揮眾人向懸崖上爬去，幾人之中只有他帶了攀爬裝備，羅獵先爬到車頂五米左右的地方，發現這裡有一道裂縫可以容身，馬上放繩索下去，龍天心先幫助幾名學生爬了上去，畢竟幾人都沒有攀岩經驗。

羅獵這邊剛剛將三人安置在裂縫中，下方就傳來龍天心的一聲尖叫，卻是犀牛群合力撞擊汽車的前部，將汽車撞得斜行移動，龍天心重重摔倒下去，後腳跟不慎一絆，接著又從天窗掉進了車廂裡面。

羅獵抓住繩索慌忙向下滑去，龍天心此時也忍痛從車內重新爬了出來。犀牛群後撤了一段距離，然後同時向汽車衝撞而去，這下如果被牠們撞中，一定會翻車。羅獵一手抓住繩索，雙腳在崖壁上一蹬，身體凌空向車頂的方向飛去，他大吼道：「天心，抓住我的手！」

龍天心抬起頭來，她的嘴唇竟然浮現出會心的笑意，在羅獵即將來到她頭頂的時候，龍天心縱身一躍，羅獵穩穩抓住了她的左手，龍天心的身體剛剛脫離了汽車，就聽到下方傳來一聲巨響，轟！十多頭犀牛同時撞擊在汽車的左側，早已變形的汽車再也承受不住這次撞擊，翻滾著倒到了路邊。

只要再晚上一秒，恐怕龍天心就要遭遇噩運，羅獵望著下方的塵煙心有餘悸，龍天心卻笑瞇瞇望著羅獵絲毫沒有害怕的樣子，羅獵強勁有力的右臂將她的身軀向上牽起，龍天心趁機抱住了他的身軀。

上方響起了歡呼聲，卻是三名大學生在為他們喝彩。

兩名女學生一臉崇拜地望著羅獵，又有哪個女孩子不傾慕英雄呢？

羅獵帶著龍天心來到上方的裂縫中，經過剛才的一番亡命奔逃，羅獵也是累得不輕，再看下方，那群犀牛將所有的憤怒都發洩在了汽車上，一次一次地撞擊著那輛車，終於一頭倒楣的犀牛撞在了油箱上，牠的撞擊引發了爆炸，蓬！的一聲，觀光車炸得四分五裂，靠近觀光車的犀牛也被爆炸引發的氣浪掀到一旁。

于曉蓮道：「這些犀牛好蠢！」

周拓道：「按理不應該是這個樣子，牠們都像瘋了一樣。」

于曉蓮怯怯道：「該不是得了瘋牛病。」

龍天心笑了起來：「瘋牛病？小姑娘，想像力蠻豐富的。」

于曉蓮不好意思地笑了。

周拓抬頭看了看上方的懸崖，這懸崖至少有兩百米的高度，實在是讓人望而生畏。他的攀岩經驗僅限於遊樂場內，這樣的高度對他來說是不可想像的，更不用說他的兩名女同學。

羅獵道：「是跟我們爬上去還是留下，你們自己選。」

龍天心道：「那些犀牛反正也爬不上來。」

周拓正準備說留下來，可于曉蓮道：「我們跟你們一起走。」

龍天心道：「你爬得上去？」其實她不想帶上這幾個累贅。

于曉蓮顯然沒有把握，她小聲道：「爬不上也得爬，那些犀牛雖然爬不上來，可保不齊回頭會有猩猩猴子之類的野獸，還是……還是跟著這位先生安全一些……」這句話表明了她對羅獵的信任。

龍天心笑了起來：「你倒是有眼光啊，你該不會喜歡上這位先生了吧？」

「沒有……」于曉蓮趕緊分辯道。

羅獵道：「什麼時候了還開這種玩笑，你們跟著我爬上去也行，我只有一套攀爬裝備。」他看了看龍天心，以龍天心目前的狀態顯然是無法攀爬的，就算給她準備攀爬設備，她的雙腳可能也無法支持長距離的攀岩。

羅獵道：「我背著她，每爬升一段距離找到下一個歇腳點，我會放下繩索，幫助你們爬上來，記住，爬升的過程，一定不要往下看，往上看，距離越來越短。」

周拓搶先答道：「您放心吧，我們不怕！」

羅獵笑了笑，他將龍天心背在身上，用綁帶將她和自己固定在一起，龍天心道：「搞得跟連體嬰兒似的，你可要抓緊了，別連累我一起掉下去。」羅獵已經開始攀爬，利用攀爬裝備，羅獵爬行得很快，沒多久就來到下一個歇腳點，他將繩索固定之後放下去，看著三名大學生依次向上攀爬。羅獵強調的事情很重要，如果向下看一定會感到害怕，更何況下方的野獸越來越多。

周拓最後一個攀爬，他聽到下方傳來陣陣野獸的嘶吼，彷彿已經來到了他的腳下，周拓心中泛起陣陣寒意，幾番都想轉身去看，然而終究還是控制住內心的欲望。

爬到一半的時候，兩名女學生已是筋疲力盡，于曉蓮道：「我爬不動了。」

羅獵讓他們暫時趴在懸崖的裂縫處休息，他也知道為難了這些年輕人，龍天心低頭望去，卻見下方有十多道黑影正沿著懸崖向上攀爬而來，她拍了拍羅獵的肩膀，提醒他下面的狀況。

羅獵其實已經看到了，他從裂縫中抓了顆石子瞄準了其中一個黑影砸了下去，石子原本就被他用力甩出再加上高處墜落之力，速度和射出槍膛的子彈一般無二。石子正中目標的頭頂，立時將腦袋砸出了一個血洞，那黑影吱吱叫著墜落下去。

龍天心道：「是猩猩。」

羅獵顧不上答話，抓了一把石子，向下輪番砸落，佔據地形之力，羅獵一會兒功夫就將十多隻猩猩全部砸了下去。

看到後面有追兵，三名學生因恐懼而忘記了疲憊，他們主動提出要繼續前進，這後半程不斷有猩猩和猴子追逐上來，羅獵不時停下，利用石子來清理追兵，好在山崖的縫隙之中碎石不少，羅獵並不用擔心彈盡的問題。

終於他們爬到了懸崖的邊緣，羅獵雙臂用力爬了上去，先將龍天心解下，然後固定繩索，將繩子垂落下去，三名大學生爬到懸崖頂上，方才敢向下張望，雖然夜色蒼茫，可那輛他們曾經乘坐的觀光車仍在燃燒，看到燃燒的觀光車，他們也不由得心驚膽戰，真不知道自己是怎麼爬上來的，三人心中都明白，如果不是羅獵幫助他們，他們根本沒有任何可能脫離困境。

龍天心指了指前方亮燈的地方道：「那裡就是凌天堡了，只是不知道他們讓不讓咱們進去。」

羅獵朝凌天堡的方向看了看，眉頭皺了起來，他充滿疑惑道：「凌天堡怎麼一點動靜都沒有？」

龍天心也覺得有些不對，下面的野生動物園鬧出了那麼大的動靜，沒理由凌天堡方面毫無覺察，難道凌天堡也出了問題？

羅獵低聲道：「你槍裡還有沒有子彈？」

龍天心實話實說道：「還有一顆。」

羅獵道：「你們在這裡等著，我去探路。」

周拓道：「壞了，那些猴子又爬上來了！」羅獵和龍天心說話的時候，他一直在觀察著懸崖下的動靜，這會兒功夫又有數百隻猴子沿著懸崖向上攀爬而來。

羅獵看到猴子如此之多，也知道自己無法在牠們爬上懸崖之前將牠們盡數擊落，他馬上決定所有人一起向凌天堡逃去。

凌天堡的大門緊閉，值班室亮著燈，羅獵率先來到值班室前，重重敲了敲房門，大聲道：「有人嗎？」裡面無人回應。

周拓來到大門前，他用力一推，想不到大門居然可以推動，周拓驚喜道：「大門是開的。」

幾人趕緊向大門跑去，此時已經有數十隻猴子爬到了懸崖上，牠們尖叫著追逐而來。羅獵進入凌天堡之後，幾人一起動手將大門關上，羅獵從一旁拿起門栓，把大門拴住。

月光如水投射在凌天堡的石板路面上，泛出晶瑩的反光，整個凌天堡內的佈局和過去並沒有太多的不同。

羅獵看到了一輛紅色Lutzman三座敞篷車就停在前方小廣場的中心，龍天心也看到了那輛車，羅獵記得，當初他第一次看到顏天心時，顏天心就是乘坐這輛車進入了凌天堡，想不到這輛車仍然被當成了古董展品放在這裡，他向龍天心看了一眼，剛巧龍天心也在望著他，羅獵心中一陣隱痛，龍天心絕不是顏天心。

進入凌天堡暫時沒有看到野獸，三名大學生都鬆了口氣，周拓走向那輛敞篷車道：「好漂亮的古董車。」

羅獵道：「不要分開！」雖然暫時沒有看到野獸和敵人，可羅獵仍然感覺到不對，凌天堡就算是夜晚也有不少的工作人員值守，但是現在他們卻沒有看到一個人。

羅獵仍然記得軍火庫在什麼地方，他將龍天心拉到一旁，低聲向她道：「不如你控制飛機飛過來，先將他們幾個送走。」

龍天心道：「你傻啊，如果我能控制，早就控制飛機飛過來了，我的隨身物品全都落在了野生動物園裡，包括遙控，所以我們只能步行返回了。」

羅獵點了點頭，龍天心在這件事上應該不會撒謊，現在他帶著所有人一起進入軍火庫，來到軍火庫前方，眼前的情景讓幾人吃了一驚，只見軍火庫前方的廣場上，橫七豎八地躺著六具屍體，從這些屍體的服飾來看，他們應當是負責在軍火庫值班的警衛。

月光下，一個黑影正趴在一具屍體上啃食，于曉蓮看得真切，那黑影並非野獸，而是一個人，她嚇得尖叫起來，這實在是太恐懼了，羅獵想要阻止于曉蓮已經來不及了。

那人霍然轉過頭來，他的嘴上全都是鮮血，他身穿做工考究的西服，看得出非富即貴，龍天心已經認出了他，此人竟然是野生動物園的老闆常宇鋒，也曾經是獵風科技的客戶之一，當年去獵風科技治好了失明的雙目。

常宇鋒雙手捧著一物，一邊啃食著一邊站起身來，他周身的骨節劈啪作響，猶如爆竹一般。

羅獵閃過的第一個念頭是殭屍，可對方的動作上又不像，而且常宇鋒的雙目眼神銳利如刀，顯然擁有著極強的意識力。

龍天心道：「他難道把狂獸激素注射給了自己？」

常宇鋒將手中的心臟吞了下去，然後躬下身軀，雙手趴伏在地上，形如野獸，羅獵低聲道：「我擋住他，你們快逃！」

三名大學生已經轉身向來時的方向逃去，龍天心沒有逃走，舉起霰彈槍瞄準了宛如野獸般爬行的常宇鋒就是一槍，常宇鋒將頭顱一偏，霰彈槍擊中了他半邊面孔，血糊糊一片，不過他臉上的傷口馬上就開始迅速癒合。

羅獵大吼道：「快逃！」

常宇鋒偏向一邊的頭顱緩緩轉了回來，他手腳並用向打了他一槍的龍天心衝去，如果不看他的樣子，他奔跑的姿態幾乎就像是一頭獵豹。

羅獵抓起一塊石頭向常宇鋒砸了過去，他的力量雖然大不如前，可是準頭還是百發百中。

石頭砸在了常宇鋒尚未完全癒合的傷口上，常宇鋒遭受這次攻擊之後卻仍然沒有放棄對龍天心的追殺，手足並用奔襲的速度極其驚人，羅獵本想中途阻截，可無奈常宇鋒的移動實在太快，不等他阻擋就已經從一旁衝了過去。

龍天心也嚇得不輕，她雖然逃出了一段距離，可是這常宇鋒實在是太快了，聽到身後傳來急促的腳步聲，已經知道常宇鋒靠近了自己，龍天心轉身回望，卻見常宇鋒後腿蹬地，騰躍而起，雙手十指如勾，一個餓虎撲食撲向自己，龍天心避無可避，心中大駭，難道自己竟然會死在自己的手中？

千鈞一髮之時，常宇鋒的身體卻突然在空中停頓，卻是羅獵用登山繩打了個繩圈，凌空拋了出去，搶在常宇鋒抓住龍天心之前將他的脖子給套住，羅獵一牽一拉，繩索頓時收緊。

常宇鋒跌倒在地上，雙手去抓繩索。

羅獵豈能讓他脫身，繩索一抖，又在常宇鋒身上繞了一圈，常宇鋒雙臂抓住繩索，向懷中一帶，他的力量遠遠勝過羅獵，羅獵卻借著常宇鋒的牽拉之力向他撲了過去。

在其他人看來，是羅獵被常宇鋒拉了過去，龍天心驚呼道：「小心！」

只見羅獵騰躍而起，揚起手中閃亮的一物狠狠砸在常宇鋒的腦袋上，羅獵扔出的可不是尋常的鐵塊，而是隨同他一起穿越而來的紫府玉匣。紫府玉匣重重砸在常宇鋒的頭頂，將他的腦袋砸出一個大大的血窟窿。

常宇鋒的身體抽搐著，被紫府玉匣砸出的血洞沒有癒合的能力，不一會兒功夫他就氣絕身亡。

羅獵來到常宇鋒身邊撿起了紫府玉匣，在常宇鋒的衣服上擦淨血跡。

龍天心冷冷望著他道：「你不是說這東西被員警當證物收走了？」

羅獵將紫府玉匣收好，微笑道：「我有兩個。」

龍天心氣得牙癢癢，這廝說謊話都不臉紅的。

周拓和兩名女同學又朝這邊大叫著逃了過來，原來後面有一條猛犬追逐，龍天心倒轉霰彈槍，照著那猛犬的腦袋就是狠狠一擊，砸得那猛犬接連翻滾了幾圈，竟然嚇得咿唔一聲，掉頭就逃。

龍天心將霰彈槍扔在了地上，走過羅獵身邊的時候昂起頭道：「騙子！」

軍火庫的大門上了鎖，大鎖也是古董鎖，這種鎖對羅獵而言並無太大難度，他很快就將鎖打開，打開軍火庫的大門，一股鐵銹的味道撲面而來。他們將大門關上，幾人同時打開了手機的燈光，照亮軍火庫內部，羅獵道：「這裡應該沒有人進來。」

龍天心越過警戒線，從展區挑了一把手槍，卻沒有發現子彈，將手槍又扔到了一邊，羅獵挑選了一把太刀，雖然已有一百多年的歷史，太刀依然鋒利如昔。

龍天心也學他找了一把刀，軍火庫雖然很大，可仍然能夠正常使用的槍支估計已經沒有了，就算有，也找不到子彈，還是東洋刀的殺傷力更大。

周拓找了一把大砍刀，兩名女同學也分別取了一杆紅纓槍來武裝自己。

此時于曉蓮發現他們的手機終於有信號了，慌忙將這個喜訊告訴了所有人。

龍天心和羅獵對這個消息並無太多興趣，他們來凌天堡的主要目的還沒有達成，當然不能半途而廢。

三名大學生忙著打電話報警，警方跟他們聯絡之後，根據手機定位了他們的地點，讓他們原地等待，很快就會有救援人員過來營救。

羅獵和龍天心兩人繼續向裡面走去，周拓道：「你們去哪裡啊？馬上就會有人過來救我們了，最多半個小時他們就能到達這裡。」

龍天心笑道：「我們好不容易才逃票成功，當然要好好觀賞一下凌天堡。」

羅獵向周拓擠了下眼睛道：「照顧好你的女同學，等員警來了之後，確保安全之後再出去。」三名大學生眼巴巴看著他們向軍火庫深處走去，猶豫了一會兒，終究還是沒有繼續跟過去。

事實上他們也跟不過去，羅獵和龍天心打開了下一道門之後，就將房門從裡面插上，這是防止他們跟上來，也是為了他們的安全著想，剛才的那間展廳他們檢查過並無問題，誰知道這裡面還會有什麼危險？

龍天心道：「不知道他們會不會向員警提起我們？」

羅獵道：「無所謂啊，反正都易容了。」

龍天心道：「依著我的脾氣，根本就不該多管閒事。」

羅獵大步向前方走去：「這場混亂，歸根結底還是你搞出來的，我看可不叫閒事。」

龍天心一瘸一拐地跟著，走了兩步，感覺足底越發疼痛起來，她乾脆停了下來：「我說你是不是人啊，我腳受傷了，走不動了。」

羅獵仍然向前方走去，龍天心氣得想跺腳，不過她不敢，因為怕疼。

羅獵很快又回來了，他居然找到了一輛輪椅，這是專門為不方便的殘疾人士準備的，龍天心看著那輪椅真是有些哭笑不得了，不過有輪椅總比沒有強，她其實更想羅獵背著自己，可人家既然不願意，自己總不能那麼不矜持地提出要求。

羅獵推著龍天心向裡面走去，看到了不少當年的古董武器，腦海中自然而然地想起了和顏天心並肩戰鬥的情景，誰又能想到在百年之後的今天，他竟然會推著一個霸佔顏天心身軀的龍玉公主漫步在此？如果不是為了返回過去，自己是無論如何都不肯和她合作的。

龍天心道：「你那個鐵塊可不可以給我看看？」

羅獵硬梆梆地回絕道：「不可以。」

「小氣！」

羅獵道：「你現在是不是開始後悔了？」

龍天心呵呵笑道：「我有什麼可後悔的？我是為了救人，這些壞事不是我做的，全都是亨利和天蠍會。」

羅獵道：「你這個人就是這樣，做了壞事也不知悔改。」

龍天心道：「好人不長命，壞人活千年，顏天心是好人，可惜她無法陪你到現在。」

羅獵停了下來，有種將龍天心從輪椅上掀下去的衝動。龍天心顯然也意識到了這一點，這種狀況下她還得仰仗羅獵，還真不敢得罪，馬上換成了一副可憐面孔期期艾艾道：「不好意思，人家也不是故意的，對不起，對不起啦……」

羅獵道：「母液在什麼地方？」他忽然想起龍天心將所有的裝備都遺落在野生動物園的酒店裡，如果母液也在其中，那麼事情將大大不妙。

龍天心道：「丟了！」

羅獵內心一沉，可從龍天心輕描淡寫的語氣又判斷出她只不過是在撒謊罷了，當初在總部失火的時候，她冒著極大的危險也要將母液帶走，足以證明母液對她的重要性，如果丟了，龍天心絕不會表現得如此淡定。

羅獵憑著記憶來到通往地下礦井的鐵門前，這道鐵門被鎖死，並不屬於展區的開放範圍，上面還寫著幾個醒目的大字，閒人勿進。

龍天心道：「應該是這個地方。」當年顏天心憑著地圖帶著羅獵幾人進入了地下礦井，這份記憶她早已知道。

羅獵看到門上的大鎖已經鏽死，來到一旁的消防箱前，用手中的紫府玉匣砸爛玻璃，從裡面取出了消防斧，回到大門前，雙手高高揚起消防斧，對準那大鎖用盡全力砸落，大鎖應聲而落。

羅獵向外拉開鐵門，一股發黴的潮濕氣息從裡撲面而來，龍天心不由得捂住了口鼻，抱怨道：「好難聞。」

羅獵道：「接下來，可能你要靠自己行走了。」

龍天心道：「我腳好痛，下不了地。」羅獵卻已經先行向前方走去。

龍天心無可奈何，搖了搖頭道：「凡事只能靠自己。」羅獵不肯幫她，她也只好離開輪椅，一瘸一拐地跟在羅獵的身後向前方走去，走了沒多久就看到軌道和礦車，羅獵檢查了一下，發現礦車因為經年日久已經全部損壞，其實即便是還能滑行他也不敢冒險，誰知道關鍵時候能不能夠剎得住車。

龍天心道：「咱們還是步行下去吧。」

羅獵點了點頭，走了幾步，轉身望去，卻見龍天心手中拄著一根撿來的鐵棍，一瘸一拐走得極其艱難，羅獵躬下身去，龍天心綻放出一個明豔的笑容，她趴在羅獵的背上，柔聲道：「你累了跟我說一聲。」

羅獵道：「我要是累了就把你扔下去。」

龍天心本想說你捨得嗎？可話到唇邊卻又改了主意，羅獵自然是捨得丟下自己的，他之所以對自己手下留情完全是因為顏天心的緣故。在這個地方，龍天心沒必要偽裝，她解除了易容。

羅獵沿著軌道一步步走得非常艱難，畢竟軌道旁邊的小路只是為了維修之用，一個人也只是勉強通過，更不用說他的背上還背負一人。

羅獵道：「這裡好像那麼多年都沒怎麼變過。」

龍天心道：「一個廢棄的礦坑罷了，沒有什麼重要意義。」

羅獵道：「我記得當年這裡有不少的地玄晶。」

龍天心道：「這座礦井可能已經被採空了，能否找到地玄晶，要看咱們的運氣了。」

羅獵想起此前在這裡的遭遇，曾經遇到過血狼和老鼠，提醒自己務必要提高警惕，看到異常的事情一定要做好準備。走了足足一個小時，方才來到過去他們遭遇血狼的礦坑，羅獵記得過去這座礦坑內佈滿了地玄晶的礦石，可是眼前的礦坑卻空空如也，別說大塊的礦石，甚至連一小塊都找不到。

龍天心似乎並不關心能否找到地玄晶，她坐在礦坑邊休息，看到羅獵在下面仔細搜索著，趁著羅獵不備，她的手伸向羅獵的旅行袋，她對羅獵砸死異能者的鐵塊頗為好奇，趁著這個大好機會，她倒要看看那鐵塊究竟是什麼？

羅獵道：「偷翻別人的東西好嗎？」

龍天心這才意識到羅獵一直在留意著自己，她理直氣壯道：「我渴了，找水喝不可以？」拿水壺的時候，順便又在旅行袋上摸了幾把，發現裡面根本就沒有那鐵塊，龍天心知道一定被羅獵隨身帶著，小聲嘟囔了一句：「狡猾！」

羅獵道：「害人之心不可有，防人之心不可無。」

龍天心道：「人跟人之間難道不能多點信任？」

羅獵搜索了一圈，心中已經喪失了希望，至少在這礦坑的地表上找不到地玄晶。此時一旁風聲颯然，隨即聽到噹啷一聲，卻是龍天心將找到的一支鐵鍬扔了下來，龍天心道：「你挖挖看，興許地底下能找到。」

羅獵拿起鐵鍬只挖了幾下就放棄了，因為散落的石塊下全都是大塊堅硬的岩石，憑著這杆鐵鍬根本沒可能將岩石扒開，他從礦坑裡爬了出來，龍天心遞給他水壺，羅獵喝了口水道：「這礦坑應該被採光了。」

龍天心道：「看來這些年中又有人開採了這裡。」

羅獵道：「走吧，說不定咱們能夠撿到一塊。」

龍天心道：「自從你出現，我的運氣就一天比一天壞，我可不抱希望。」

羅獵背起龍天心繼續向前方走去，憑著記憶前往過去發現飛機的地方，那洞口隱藏在瀑布的後方，他們可以經由那個洞口離開這裡。這一路並未遇到任何的危險，兩人的心情都變得輕鬆起來，先苦後甜，看來他們的危機已經暫時過去。

隱藏在瀑布後的飛機場仍在，只是裡面再沒有飛機，過去曾經掛在岩壁上的黑龍旗也因年月的變遷而腐朽，已經看不出上面的圖案。進入這山洞之後就聽到宛如奔雷的流瀑之聲，現在正是夏季，山上雪水融化，再加上今年雨季降雨頗豐，所以瀑布的水流很大。

龍天心道：「你打算從這裡爬出去？」

羅獵道：「是我們，當然如果你不想離開的話。」

龍天心道：「走不走是我自己的事情。」她朝瀑布的方向看了一眼，外面有天光透入，不知不覺這個夜晚就要過去了，看來外面應該已經天亮。

羅獵開始換上攀岩的裝備，龍天心道：「檢查一下電力，我擔心它支持不到咱們爬到懸崖下面。」

羅獵檢查了一下，發現裝備電力都處於弱電狀況，這種狀況已經需要充電蓄能了。他笑了笑道：「我想咱們的運氣應該不會那麼壞，從這裡到下面不過四百多米的落差，就算中途斷電，下面也是水潭，我們應該不會摔得粉身碎骨。」

龍天心道：「還是得摔死。」

羅獵道：「我比你更怕死，走吧，如果耽擱過久，可能有人會追趕上來。」

龍天心道：「都是你害我的，我好好的一個跨國公司ＣＥＯ怎麼就突然變成了逃犯。」她當然明白和羅獵毫無關係，可女人就是這樣，女強人也有耍性子無理取鬧推卸責任的時候，不過要看對象是誰。龍天心並不是真心想要推卸責任，她的這番話更像是情人之間的撒嬌。

羅獵卻不吃她這一套：「你走不走？」

龍天心道：「不走！」嘴巴很堅決，可內心卻很誠懇，她站起身來，生怕羅獵把自己丟下。

羅獵再度背起龍天心，他們所面臨的最大問題不是從懸崖上爬下去，而是要抵禦瀑布強大的衝擊力，羅獵知道攀岩系統不足以支持他們順利抵達崖底，他只希望在徹底斷電之前，能夠橫向爬出瀑布覆蓋的範圍。

羅獵背著龍天心來到洞口，他伸出手去，感受了一下水流的巨大衝擊力，然後靠近岩洞的邊緣，小心地伸出右手，確信右手貼合在岩壁上，這才將左手伸了出去，然後是右腳，龍天心一顆心提到了嗓子眼，知道稍有不慎他們兩人就會被雷霆萬鈞的水流直接沖到下面，這會兒她再不敢胡說八道干擾羅獵的注意力，只是雙臂抱緊了羅獵。

羅獵的左腳離開了岩洞，他們兩人置身於水流的強大衝擊之下，兩人感覺到頭頂不停有水流沖下，頭腦被水流衝擊得暈乎乎的，身體在水中顫抖著，龍天心儘量將身體貼近羅獵，以減緩水的衝擊力，如果不是事先將他們捆在了一起，龍天心單憑雙臂之力肯定無法抓住羅獵，先落下深淵的必然是她。

羅獵開始橫向移動，每移動一步都極其艱難，他不敢對攀岩系統抱有百分百的信心，儘量抓住踩住岩石的縫隙，橫向移動了六米，艱難程度甚至超過了正常攀岩的六十米，羅獵感覺自己的體力損耗極大，憑感覺判斷，他距離瀑布的邊緣應該不遠，羅獵抬起右手，摸索著抓住下一個目標，可他發現掌心的紅色指示燈在迅速閃動，羅獵心中暗叫不妙，電力損耗太快，攀岩系統即將能量耗盡。

右手抓住岩石的凸起卻被水流沖得從岩石上脫開，羅獵知道右手的手套殘存的能量已經不足以吸附在岩石上了，如果繼續橫向移動，他無法堅持到離開瀑布的範圍，羅獵低頭看了看，下方崖壁如鏡子一般平整，內心中迅速做出一個大膽的決定，他鬆開了雙手。

龍天心還沒有反應過來，就隨著羅獵的身軀向下墜落，她從心底發出尖叫，可她的聲音被瀑布震耳欲聾的聲音所掩蓋，甚至連她自己都聽不到。甚至連龍天心自己都忘了這套攀岩裝備內含應急裝置，在高空墜落的時候，這套裝置會在下次接觸之前產生最大附著力，這樣設計是為了失手落下的時候如果萬一能夠抓到附著物，可以獲得一次求生的機會。

羅獵恰恰是要賭那麼一次，他貼著絕壁落下，只墜落出一小段的距離，他雙手平伸出去，再次和絕壁相接觸，攀岩裝置產生的吸附力已經無法和他們下墜的力量抗衡，於是羅獵的雙手緊貼著崖壁向下滑行墜落，裝備產生的吸附力減緩了他們兩人下墜的速度。

龍天心這才明白羅獵是故意用這樣的方法下行，佩服他膽大的同時又不由得為裝置的能量擔心，畢竟剛才已經看到右手的手套電力即將耗盡。

他們下墜到中途的時候，攀岩裝置的能量已經完全耗盡，下墜的速度明顯加快，羅獵眼疾手快，抓住貼著崖壁生長的藤條，他們的身體停頓了一下，可是馬上他們的下墜力又扯斷了藤條，在龍天心的尖叫聲中，他們直墜而下，落入瀑布下方的深潭之中。

羅獵在墜入水潭之前解開了兩人之間的綁帶，這是盡可能地減輕彼此帶給對方的負面影響，他提前徵求過龍天心的意見，也知道龍天心水性不錯。

兩人幾乎同時墜入水潭之中，羅獵原本還擔心水潭的深度不足以緩衝他們下墜之力，好在水潭很深，羅獵停止下降的趨勢，睜開雙目望去，潭水清澈，水底的景物清晰可見，他在周圍並沒有看到龍天心的身影，不禁有些擔心，羅獵在水中搜索了一會兒，仍然沒有看到龍天心，只能先浮出水面，來到岸邊舉目望去，只見周圍空蕩蕩的，灰濛濛的天空仍然沒有太陽，現在還是黎明，羅獵叫了聲龍天心的名字，沒有人回應，他緩了口氣，重新向下潛去。

游了好一會兒仍然沒有來到水潭底部，卻見水底一道身影向上而來，正是龍天心，她游泳的姿態很美，也看到了折返回頭來找她的羅獵，向羅獵揮了揮手，她的手中似乎拿著一樣東西。

兩人先後浮出水面，龍天心抹去臉上的水漬，揚起右手欣喜道：「看我找到了什麼？」

羅獵定睛望去，她手中正是一塊足有拳頭大小的地玄晶，想不到他們在舊礦井內搜索良久，連一個小米粒大小的礦石都沒找到，在這裡居然能夠找到那麼大一塊。

龍天心道：「應該還有。」

羅獵道：「我下去找找，你上去歇著吧。」

龍天心笑道：「我發現你開始關心我了。」

羅獵道：「你的自我感覺總是那麼好。」

兩人在水潭停留了一個多小時，羅獵幾次下潛，直到將旅行包全都裝滿了地玄晶，這才離開。

凌天堡和整個野生動物園都戒備森嚴，截止上午十一點，所有遊客已經被轉移到了安全的地方，經過多方緊急會議，決定對這些發狂的野獸進行就地射殺。

第二章

女人總得有點秘密

飛機停在停機坪上，隨著停機坪緩緩下降，
上方甲板重新向中心移動，嚴絲合縫地閉合在了一起。
羅獵目瞪口呆地望著周圍的一切，
想不到龍天心在沙漠中居然還建起一座秘密基地。

一架直升機降落在凌天堡內，陸劍揚從直升飛機上走了下來，他是在得知這一緊急狀況之後來現場調查的，野生動物園老闆常宇鋒死於非命，凌天堡所有的工作人員被殺，單單是幾起人命案並不足以驚動陸劍揚，真正引起他注意，讓他決定必須來此的原因是資料表明，常宇鋒也是獵風科技的重要客戶，也在獵風科技接受過治療。

法醫向陸劍揚報告了初步檢查的結果，凌天堡的六名工作人員死於撕咬，從他們的傷口和常宇鋒指甲和口腔內的殘留物來判斷，殺死這些工作人員的就是常宇鋒。常宇鋒用一種極其恐怖殘忍的方式殺死了這六名工作人員，他死在頭部的重擊之下。

陸劍揚來到常宇鋒的屍體前方，解開蒙在屍體上方的白布，看到常宇鋒被霰彈槍打傷的可怖面孔，不過陸劍揚很快就發現常宇鋒的傷口已經癒合了一部分，他將白布徹底揭開，拉起常宇鋒的雙手，看到他的掌心沾滿了泥土，又看了看他的鞋子，鞋子的前端有新鮮的磨損。

法醫道：「根據目擊者說，常宇鋒當時就像動物一樣爬行，奔跑起來如同獵豹一樣。」

陸劍揚道：「有目擊者？」

法醫道：「三名大學生，受了些驚嚇，現在正在外面接受筆錄。」

陸劍揚點了點頭，他找到那三名大學生，這三名大學生就是羅獵營救的三個，他們已經基本將看到的情況說了一遍，陸劍揚出示自己的證件之後來到周拓的面前，他向周拓道：「你好，可不可以向我描述一下他們的樣子？」

其中一個女孩道：「我已經把他們的樣子畫出來了。」她的專業就是美術，應警方的要求，根據記憶畫出了羅獵和龍天心的樣子。

陸劍揚接過畫像看了看，並沒有從畫像上找出任何的熟悉記憶，陸劍揚道：「你們有沒有看清他用什麼辦法殺死了那個怪人？」

于曉蓮道：「沒有，我們沒有看清，他們是好人，如果沒有他們幫忙，我們根本不可能逃出來。」

這時候在野生動物園那邊的搜查也取得了進展，龍天心沒有來得及拿走的旅行袋被發現，從酒店也查到了他們的入住記錄。

陸劍揚只是初步檢查了一下旅行袋，就發現了不少來自於獵風科技的產品，他幾乎能夠斷定救了三名大學生的人就是羅獵和龍天心，其實他在發現常宇鋒致命傷的時候就猜到了，常宇鋒的死因和此前發現的兩人差不多。

陸劍揚的手機響了起來，他接通電話，這是來自於基地實驗室的電話：「陸主任，您給我的那根狗毛化驗結果已經出來了，根據碳十四測定的結果，狗毛主人的生存時間應該在一九二〇年左右。」

陸劍揚愣了一下：「多少誤差？」

「最大誤差不超過兩年。」

陸劍揚緊皺著眉頭，他在思索著一件不可思議的事情。

羅獵和龍天心來到飛機的停靠地已是當天下午兩點，兩人都已筋疲力盡，龍天心摸索著找到了飛機右翼下的控制台，扣開後，手動解除了飛機的隱形狀態。

兩人進入了飛機內，龍天心拿了兩瓶能量飲料，將其中一瓶扔給了羅獵。

羅獵將飲料喝了，累得坐在椅子上一句話都不想說。

龍天心道：「真想就這麼躺著，哪裡都不去。」

羅獵道：「那個亨利不會就此罷手吧？」

龍天心道：「有了這些地玄晶，至少咱們有了克制異能者的武器，別管那麼多，咱們先去一個地方，把武器完成，然後再考慮找亨利算帳的事情。」

羅獵道：「別忘了你答應我的事情。」

龍天心反問道：「什麼事情？」

羅獵道：「存心的是吧？」

龍天心道：「放心吧，不就是幫你回去嗎？只要你幫我解決這次的麻煩，我就幫你回去，跟你的家人團聚。」

羅獵道：「希望你言而有信。」

龍天心向羅獵伸出小指：「來，拉鉤上吊，誰騙你誰是小狗。」

羅獵道：「有那必要嗎？」不過他還是伸手跟龍天心勾了勾手指。

此時警報突然響了起來，龍天心臉色一變，驚聲道：「壞了，遙控被人找到了，他們很快就會鎖定我們的位置。」她不敢怠慢，趕緊將駕駛模式的遙控啟動關掉，然後以人工模式啟動了飛機，飛機從深谷內迅速上升。

當飛機升空之後不久，雷達上就發現兩架直升機朝著他們的方向逼近，龍天心道：「真是窮追不捨，只可惜他們沒有做好充分的準備。」她迅速設定航線。

羅獵道：「去哪裡？」

龍天心笑道：「一個你記憶深刻的地方。」

雪獒的耳朵豎了起來，牠警惕地向門外張望著，麻雀拍了拍雪獒的腦袋：「小雪，別緊張，是燕兒。」

麻燕兒的聲音已經飄了進來：「老祖宗，猜猜我給您帶了什麼！」

麻雀忍不住笑了起來：「帶男朋友回來我才驚喜。」

麻燕兒一腳邁進了房門，忍不住撅起了嘴：「討厭，哪壺不開提哪壺，我這輩子不結婚了，一個人又不是不能生活。」

麻雀道：「該不會又和明翔鬧彆扭了？」

麻燕兒將一卷拓片遞給了麻雀，老太太今天心情欠佳，對麻燕兒帶來的東西毫無興趣。

麻燕兒在她身邊坐下，看了雪獒一眼，招呼道：「你還認不認識我？」雪獒沒有搭理她，把頭顱扭到一邊。

麻雀笑道：「小雪認生。」

麻燕兒道：「我先認識牠的好吧。」

麻雀看到她欲言又止，知道她有話要說，輕聲道：「說吧，有什麼話就說出來，別藏藏掖掖的。」

麻燕兒道：「老祖宗，我那個朋友……羅獵……您知道的。」

麻雀點了點頭道：「怎麼了？」

麻燕兒道：「他到底犯了什麼罪，為什麼會被通緝？」

麻雀也不知道羅獵被通緝的事情，她愣了一下，可馬上意識到羅獵的被通緝應該和龍天心有關，她向麻燕兒道：「這事情我還不知道，對了，你幫我聯繫一下你陸叔叔。」

麻燕兒道：「我才不！」

麻雀板起面孔道：「怎麼？因為陸明翔，連你陸叔叔都不認了？」

麻燕兒道：「不是……」她的話還沒說完，又有人前來拜訪，這次過來的恰巧就是陸劍揚父子，麻燕兒想躲也躲不掉了。

陸劍揚對麻燕兒非常的喜歡，看到麻燕兒他笑道：「燕兒，什麼時候回來的？有日子沒去我家吃飯了。」

麻燕兒紅著臉道：「工作忙……」

陸劍揚朝一臉窘迫的兒子陸明翔看了一眼道：「你再忙能忙過我家這個臭小子？明翔你和燕兒出去轉轉，我有句話跟老太太說。」

麻燕兒慌忙道：「不用了。」她舉步逃出門去，陸明翔仍然一臉窘迫地站在原地，陸劍揚狠狠瞪了他一眼，陸明翔這才回過神來，趕緊跟了出去。

麻燕兒出門之後腳步卻慢了下來，隨後追出門的陸明翔道：「燕兒！」

麻燕兒道：「有事嗎？」

陸明翔撓了撓頭。

麻燕兒道：「沒事我先走了，忙著呢。」

陸明翔鼓足勇氣攔住她的去路：「燕兒，我……我想跟你談談。」

麻燕兒道：「咱們還有什麼好談的？你不喜歡我的工作，我也不喜歡你的工作，一年到頭也見不了幾次，勉強在一起又有什麼意思？」

陸明翔道：「過去是我不理解你，可現在我理解了，我跟我爸說過了，我可以去你附近工作。」

麻燕兒抿了抿嘴唇，抬頭看了看陸明翔，陸明翔道：「我……我發現……我離不開你，如果你不喜歡我的工作，我甚至……甚至可以辭職。」

麻燕兒忍不住笑了：「你辭職，不怕陸叔叔打斷你的腿？」

陸明翔道：「為了你值得！」

麻燕兒道：「什麼時候學得那麼會說話了？」

陸明翔道：「我做事容易犯渾，如果不是你離開我，我都沒意識到。」他鼓足勇氣抓住麻燕兒的手道：「燕兒，你再給我一次機會，一次好不好？」

麻燕兒其實也不是真心要和他分手，兩人青梅竹馬兩小無猜，感情自然非同一般，只是陸明翔做事有些大男子主義，他不喜歡麻燕兒東奔西走的考古工作，所以希望麻燕兒能夠選擇一份安定的工作，可麻燕兒生性好強，最討厭別人干涉自己的工作，於是兩人產生了分歧，麻燕兒一怒之下向陸明翔提出了分手。

兩人分手之後發現彼此都離不開對方，可又都愛面子誰也不願低頭，最後還是陸明翔主動服軟。

麻燕兒道：「我可沒讓你辭職，陸叔叔說了，他希望我去他那裡工作，他那邊有個特殊部門，和考古有密切的關係。」

陸明翔倒是沒聽父親提過，心中暗歎知子莫若父，父親為了自己和麻燕兒的事情也算操碎了心，他想起父親已經將自己停職，並決定將他調出基地，看來也是為了避免外人的閒話。

麻燕兒道：「沈叔叔找老祖宗什麼事情？」

陸明翔道：「還不是因為那個羅獵。」

麻雀看完幾張照片，淡然道：「你拿這些照片過來是想證明什麼？又想從我這裡知道什麼？」

陸劍揚道：「奶奶，您不要誤會，羅獵被通緝的事情和我無關，現在已經有充分的證據可以表明龍天心一直在從事非法研究，這些研究和她所從事的治療涉嫌反人類罪，羅獵之所以被通緝是因為他是龍天心的保鏢，在龍天心逃跑的過程中充當了幫兇的角色。我剛才給您看的這幾張照片，全都是被羅獵殺死的。」

麻雀道：「那是他們該死！」

陸劍揚有些哭笑不得，老太太對羅獵的回護簡直到了偏執的地步，他耐心道：「奶奶，我不會針對羅獵，我也相信您不會看錯人，只是您要瞭解這件事的嚴重性，如果龍天心偷偷研製的是化神激素，如果她將化神激素擴散開來，這會危及到世界安全，甚至會關係到整個人類的生死存亡。」

麻雀道：「那是龍天心的事情，和羅獵有什麼關係？你們憑什麼連羅獵也一起通緝？」

陸劍揚終於決定向老太太再透露一些情況，他看了一旁的雪獒一眼道：「奶奶，這條雪獒也是羅獵帶來的吧？」

麻雀警惕地望著陸劍揚：「你什麼意思？」

陸劍揚道：「奶奶，您不要見怪，我撿到了一根雪獒的毛，並進行了碳十四的測定，根據測定的結果，牠已經一百多歲了。」

麻雀怒道：「好啊，你小子竟然敢查我！是不是連我你也懷疑？」

陸劍揚道：「奶奶，您不要激動，我只是在懷疑一件事。」

「你懷疑什麼？我既然能活一百多歲，這雪獒又有什麼不可能？」

雪獒似乎感覺到了什麼，牠站了起來，雙目冷冷盯住了陸劍揚，陸劍揚因牠的目光也有些心底發寒，這雪獒該不是聽懂了自己的話，想要攻擊自己吧？

陸劍揚道：「奶奶，羅獵是不是一個穿越者？你早就認識他是不是？」

麻雀冷冷道：「真是佩服你的想像力！」

陸劍揚道：「奶奶，我發誓，我絕無惡意，現在羅獵的處境很危險，如果您告訴我實情，我會盡自己的一切努力去幫助他，如果您到現在還不肯告訴我實話，恐怕他的處境會越來越麻煩。」

麻雀道：「劍揚，在我眼裡你太年輕了。」

陸劍揚當然不會有任何的異議，在老太太面前自己只是一個孫子輩。

麻雀道：「我能告訴你的是，羅獵是個好人，他在任何環境下都可以生存下去，他不需要任何人的幫助。別說你可以幫助他那種話，如果事情真像你所說的那麼嚴重，能夠幫助你們，乃至幫助這個世界的只有羅獵，所以你和你的那些打著正義旗號的部門，千萬不要給他製造障礙。」

陸劍揚道：「奶奶……」

麻雀道：「我不是幫他，我是欠他的，我們都欠他的。」

陸劍揚還想說什麼，麻雀擺了擺手，示意他不要再說話，陸劍揚只好退了出去。

來到門外，看到麻燕兒和兒子在一起，麻燕兒叫了聲陸叔叔，陸劍揚笑道：「燕兒，我請你來我這裡工作的事情，考慮得怎麼樣了？」

麻燕兒道：「是不是我爸讓您這麼做的？」

陸劍揚搖了搖頭道：「跟他沒關係，是我覺得你有能力，剛好又有工作適合你。」

麻燕兒道：「陸叔叔，我再考慮考慮。」

陸劍揚道：「慎重一些總是好事。」

麻燕兒道：「陸叔叔，我想問您一件事，您朋友很多，知不知道龍天心到底出了什麼事情？」

陸劍揚馬上意識到麻燕兒真正想問的是羅獵的事，他笑道：「我又不是員警，具體情況我也不知道，不過我聽說龍天心的保鏢是你介紹給老太太的。」

麻燕兒道：「他應該是個好人，不像犯罪分子。」

陸明翔忍不住道：「好人壞人從面相上是看不出來的。」

麻燕兒道：「你是說我眼光不行咯？」

陸明翔道：「不是這個意思。」

「那你什麼意思？」

陸劍揚笑道：「你們接著討論，我還有事先走了，燕兒，儘快給我答覆，機不可失失不再來啊！」

羅獵迷迷糊糊進入了夢鄉，因氣流的顛簸醒來，他意識到飛機正在下降，龍天心蜷曲在一旁的座椅上也睡著了，飛機處在自動駕駛的模式中。

羅獵從窗口向外望去，外面漆黑一片，下方延綿起伏分不清是海洋還是沙漠。他拍了拍龍天心的肩膀，龍天心嗯了一聲，睜開了雙眸，抱怨道：「好不容易睡著了，你又弄醒我。」

羅獵提醒她，飛機已經開始降落。

龍天心道：「反正是自動駕駛，你管它幹什麼，等停穩了再叫我。」

羅獵對這種高科技的自動駕駛還是有些不放心的，膽戰心驚地坐在飛機上，飛機距離沙漠越來越近，在距離沙漠表面還有五十米的時候，下方的沙漠緩緩裂開了六道縫隙，隨著鈦合金甲板向後收縮，一個足以容納飛機降落的地下停機坪暴露出來。

飛機穩穩停在了停機坪上，隨著停機坪緩緩下降，上方的甲板重新向中心移動，嚴絲合縫地閉合在了一起。

裡面亮起了燈光。

羅獵目瞪口呆地望著周圍的一切，想不到龍天心在沙漠之中居然還建起了一座秘密基地。

飛機的艙門打開，舷梯自動伸展，龍天心沿著舷梯率先走了下去，她的腳還沒有康復，走起路來一瘸一拐。

羅獵跟在她的身後，望著周圍道：「你居然還有秘密基地。」

龍天心道：「女人總得有點秘密。」

羅獵道：「狡兔三窟。」

龍天心道：「這裡可以遮罩信號，他們追蹤不到我們。」

四個機器人向這邊飛速而來，羅獵馬上進入戰備狀態，龍天心拍了拍他的肩膀道：「放心吧，這裡的機器人不會有問題。」一名機器人接過羅獵的旅行袋，龍天心向其中一名機器人下了指令，馬上那機器人的後部伸展出一塊可以站立的踏板，龍天心站了上去，示意羅獵踩上另外一個機器人的後部踏板，他們站穩之後，四名機器人帶著他們沿著筆直的通道向基地內部緩緩駛去。

站在機器人的身上如同踩著電瓶車前行，行進五十米後遇到了第一道門，接連通過三道門之後，方才到達通往地下基地的電梯，龍天心和羅獵進入電梯之後，羅獵道：「這地下基地規模不小。」

龍天心道：「全智慧，整個基地實現了無人運轉。」

羅獵道：「能量從何而來？」

龍天心道：「太陽能。」

電梯抵達，自動開門，機器人已經從專用通道提前下行到了這裡，羅獵從機器人身上拿了自己的旅行袋，龍天心道：「獵風科技的真正核心其實在這個地方，除了我之外，你是第一個到這裡的人。」

羅獵道：「你不要告訴我，如此規模的地下基地是你一手建立起來的？」

龍天心道：「自有辦法，接下來的幾天我們要查清亨利的藏身之地，製造克制異能者的武器。」

羅獵更關心的卻是能否返回過去，從龍天心地下基地的規模和高科技程度來看，她應該擁有這樣的能力。

陸劍揚已經在基地待了一周，這一周的時間內他親自參與了對幾具屍體的全面檢驗，初步得出的結論讓所有參與者感到心驚膽戰，正如陸劍揚此前的推斷，龍天心的所謂基因治療存在著巨大的缺陷，這幾名死者全都是獵風科技的重要客戶，也都接受了所謂的基因治療，他們的身體結構因為這種治療而改變，檢驗的結果表明，他們的神經系統得到了強化，而且擁有了過人的自癒能力，只是神經系統的強化並沒有讓他們獲得超人一等的自制力，卻讓他們充滿了攻擊性。

讓陸劍揚不解的是，在這些變異者的體內還提取到另外一種激素，這種激素應當是新近在變異者的體內發生了作用，只有一個例外，那就是在獵風科技總部找到的那名變異者的體內沒有提取到。究竟是龍天心沒有來得及給他注射，還是另外有人偷偷動了手腳？想利用這件事來整垮龍天心？

想要解開謎題的最好辦法就是找到龍天心，可龍天心自從在蒼白山逃離之後，她和羅獵就不知所蹤。

陸劍揚已經打了報告，要求將這些變異者的屍體徹底銷毀，他在電腦螢幕上流覽著所有接受過獵風科技治療的名單，早在龍天心出逃之日他就已經提出，對國內所有接受過獵風科技治療的人進行控制，有關方面行動迅速，已經將名單上所有的人進行了控制並隔離，只是目前被隔離的這些人並未發生任何異狀。

助理送上了海外的回覆單，畢竟獵風科技的客戶群體遍及全球，他們目前能夠做到的只是控制國內在名單上的人，對國外的那些客戶還力有不逮，只能依靠其他國家的配合，可從目前來看，其他國家對這件事並沒有提起足夠的重視。

陸劍揚道：「提請啟動凜冬模式。」

助理愣了一下，以為自己聽錯：「凜冬模式？」

陸劍揚點了點頭，再次確認道：「凜冬模式。」

凜冬模式是國家衛生組織於十年前制訂的一項緊急備案，只有在傳染性極強的病毒爆發才會啟動，雖然制訂了標準卻從未啟動過，陸劍揚想要提請的模式將會是一項驚動舉國上下的行動，其影響很快就會擴展到整個世界，所以助理才會質疑。

陸劍揚下這個決定是經過深思熟慮的，雖然目前只是出現了幾個病例，可他已經預見到，在不久的將來很可能會迎來一次爆發，如果不提起重視，未來或許會不可收拾。

羅獵感覺自己如同被關了禁閉，他活動的區域相對固定。這秘密基地的核心區域，只有龍天心自己才能進入，羅獵並未在這件事上和龍天心發生爭執，因為爭執也是沒用，龍天心這個人做事的風格就是如此，還不如趁著這個機會理一理思路，好好想想下一步怎麼辦？羅獵的多半時間都放在了基地內部的電腦上。

他能訪問的電腦也很有限，龍天心提供給他的是和外界沒有聯網的，羅獵只能利用這台電腦的內部儲存資料庫來查閱一些自己感興趣的東西。

他和龍天心在地下基地待了近三天的時間，這期間他們的飲食全都由機器管家來負責。雖然每天都和龍天心見面，但是龍天心很少主動說話，也從沒有和他一起吃過飯，她應當在考慮問題。

羅獵表現出超人一等的耐心，龍天心不找他，他決不去主動麻煩龍天心，電腦裡的內容他已越來越沒有興趣，更多的時間用來挖掘智慧種子留給他的記憶。

在進入地下基地的第四天，龍天心破天荒和羅獵一起吃了晚飯，他們現在主要是吃罐頭和速食，這些東西毫無營養。

龍天心道：「住得慣嗎？」

羅獵實話實說道：「住不慣，我打算待滿一周，如果你還是這個樣子，我只能選擇離開。」

龍天心道：「看來你的耐心也不怎麼樣，如果你走了，以後就再也不會有回去的機會。」

羅獵道：「這幾天我想透了一個道理。」

龍天心微笑望著他。

羅獵道：「就算我幫你做完你需要的事情，就算你有能力讓我回到過去的時代，你還是不會幫我。」

龍天心居然點了點頭道：「我應該不會幫你，既然你都這麼說，我也不再騙你，我現在只是一個普通人，和這個世界的大多數人都一樣，我沒有不死之身，也不會永生不死，一樣要面臨生老病死，我幫不了你。不想幫，也沒能力幫！」

羅獵道：「謝謝你的坦誠，看來我在你的身上浪費了不少時間。」

龍天心道：「能夠穿越時空的機器這個時代還沒有出現。」

羅獵道：「看來我找錯了人。」

龍天心道：「你準備離開我？」

羅獵道：「既然找錯了方向，何必浪費時間。」

龍天心道：「我的事情你不打算再過問了？」

羅獵道：「你已經找到了地玄晶，有了克制異能者的武器，我是不是參與已經不重要，我也將底牌告訴你，我的能力也很有限。」

龍天心道：「你不是悲天憫人，你不是一直都喜歡拯救世界嗎？」

羅獵道：「這不是我的世界。」

龍天心沉默了一會兒，她向機器管家下令，機器管家去開了瓶紅酒，龍天心道：「天下無不散的筵席，既然你不情願幫我，我也不好勉強，喝杯酒吧，就當是為你送行。」

羅獵接過紅酒，一口飲盡這杯紅酒道：「可能還要麻煩你送我一趟。」

龍天心道：「應該的，早點休息，明天一早我送你離開。」

羅獵點了點頭。

龍天心喝完那杯酒，將酒杯放下站起身來，轉身離去的時候，羅獵道：「你還沒有告訴我，你是怎樣到了這裡？」

龍天心停下腳步道：「說過了，是你把我送到了這裡，我本來……也是要回去的，你現在應當明白我是多麼恨你了？」

凌晨兩點，羅獵被急促的警報聲驚醒，他看到室內示警的紅燈閃爍。羅獵慌忙穿上衣服，拿起自己的背包，對他來說目前最重要的一件東西就是紫府玉匣，事實證明紫府玉匣可以克制注射過化神激素的異能者。羅獵知道紫府玉匣應當擁有某種神奇強大的力量，可現在他所能用到的只是揮動玉匣砸異能者的腦袋。

羅獵來到門前，卻發現門鎖緊閉，房門被人從外面鎖上了，這在此前還沒有發生過，羅獵揚起拳頭重重砸門，這些房門都是高強度鋼材鍛造，憑藉他現在的力量根本無法打開。

就在羅獵準備撬鎖的時候，房門被從外面打開了，龍天心出現在他的面前，她向羅獵道：「有人潛入基地，警報系統啟動之後所有房門自動鎖止。」

羅獵點了點頭，龍天心道：「跟我來！」

羅獵很快就發現龍天心帶自己向地下基地核心區走去，兩人逃離的途中，龍天心向羅獵介紹了情況，地下基地不知被誰發現了，目前他們已經攻入基地，停機坪也淪陷，也就是說他們無法從原路撤離。

經過監控室的時候，羅獵看到監控螢幕上不同的畫面，進入地下基地的有數十人，他們已經控制了停機坪，先頭小隊已經來到了羅獵的臥室。如果龍天心再晚一會兒，恐怕羅獵就得面對和他們直接交火的局面。

龍天心帶著羅獵來到存放裝備的地方，龍天心將一個大大的背包遞給了羅獵，讓羅獵收好，自己背上了另外的一個。打開裝備庫的後門，看到一條管道，龍天心按下一旁的按鈕，裡面是電磁滑車，龍天心向羅獵簡單說明了一下滑車的使用方法，他們各自上了一輛滑車，將身體躺平，扣上安全帶，滑車的速度由龍天心統一掌控。

龍天心提醒道：「準備！」她一觸發開關，兩輛滑車就一前一後沿著管道衝了出去，羅獵低估了這電磁滑車的速度，幾乎沒怎麼做好準備，電磁滑車就迅速加速，羅獵估計這電磁滑車的時速瞬間已經達到了一百公里以上，羅獵此時只能聽天由命，希望管道內部暢通無阻，不會出現任何意外，哪怕是裡面有一顆小石子甚至一顆螺絲都會讓他們的身體在管道中撞一個粉身碎骨。

還好這一過程並沒有持續太久的時間，三分鐘之後，電磁滑車開始減速，完全停下來之後，龍天心率先打開安全扣起身，過來幫助羅獵解開安全扣，將他扶起身來，看到羅獵臉色蒼白，不由得笑道：「我還以為你天不怕地不怕，原來也怕死。」

羅獵沒有理會她對自己的調侃，抓起行李袋。

龍天心拿出一個遙控器摁了一下，沒多久，羅獵就感到腳底震動，他推測到龍天心剛剛引發了炸彈，她要將地下基地全炸毀，向前走了五十米左右，看到一個豎向的洞口，沿著鐵梯爬了上去，兩人合力擰開了上方的頂蓋，馬上就有黃沙泄落，不過沙子並不多，很快上方就有月光透入，龍天心率先爬了上去。

周圍是一片戈壁，生滿了駱駝刺和紅柳。可是並沒有什麼生物，龍天心測算出他們走出沙漠的最近路線，低聲道：「走吧，如果明天清晨我們運氣好的話，可以遇到駱駝。」

他們的運氣算不上好，一直走到第二天的正午，仍然沒有遇到駝隊，龍天心坐在沙山上休息的時候，羅獵利用望遠鏡觀察著周圍的狀況，視野中沒有人，甚至沒有一個生物。龍天心補充完水分之後道：「咱們選擇走出沙漠最短的路線，現在距離沙漠的邊緣還有一百二十公里。」

羅獵道：「以咱們現在的速度，豈不是要走上兩天？」

龍天心點了點頭道：「所以說遇到你總是有層出不窮的麻煩，早知如此，我提前送你離開，說不定就不會被人追蹤到基地了。」

羅獵道：「看來咱們的運氣都算不上好，你的秘密基地怎麼會那麼容易被找到？」

龍天心道：「是不是你告的密？」

羅獵道：「想像力很神奇。」

此時他看到天空中有兩個黑點，慌忙重新拿起了望遠鏡，透過望遠鏡看到，那兩個黑點是兩架直升飛機。

龍天心聽說又有飛機來了，也是吃了一驚，他們慌忙去找藏身之處，可在這片不毛之地上想要隱藏實在太難，更何況飛機居高臨下應該已經發現了他們。

龍天心通過望遠鏡望去，辨認出直升機上面的標記，她歎了口氣道：「軍方的直升機。」停了一下又道：「不是兩架。」羅獵看到空中又多了七個小點，為了抓捕他們兩人，竟然出動了九架武裝直升機，算得上興師動眾。

龍天心道：「逃不掉了，投降吧！」

羅獵將手中的背囊扔在了地上，低聲道：「裡面是什麼？」

龍天心道：「武器，含有地玄晶的成分。」她也將背囊用力扔了出去，然後舉起了雙手，不忘提醒羅獵道：「你的那個鐵塊。」

羅獵道：「一顆普通的鐵塊而已。」

龍天心道：「堅持到現在仍然不說實話。」

直升機很快來到了他們的上空，兩人都舉起手，直升機上傳來警告聲：「下面的人聽著，將手捂在頭上，趴在地上。」兩人只好按照對方的吩咐做了。

有兩架直升機落地，下來的武裝軍人將羅獵和龍天心的雙手反銬，然後將他們分開，帶上了不同的飛機。

龍天心尖叫道：「我要和他在一起，不要把我們分開！」

羅獵心中有些奇怪，龍天心為何會表現得情緒如此激動，以她的心態按理說不會失去鎮定。羅獵現在是泥菩薩過江自身難保，所以他只能走一步算一步。

羅獵被帶上了直升機，馬上有人過來又將他的雙腳給銬上，羅獵看到了穿著白色襯衫黑色西服戴著墨鏡的陸劍揚，羅獵向陸劍揚道：「這身衣服很帥。」

陸劍揚禮貌地說：「謝謝！」他摘下墨鏡插入上衣口袋裡，此時直升機開始上升。

羅獵道：「陸主任，不知我們到底犯了什麼法？為什麼要抓我們？」

陸劍揚道：「對我們而言，沒有比國家和民眾的安全更大的事情。」

羅獵道：「我危及你們哪門子的安全？」

陸劍揚道：「羅先生，我絕不會特別針對你，我只是有些疑問，希望羅先生能夠為我解答，只要您給出合理的答案，我可以保證您的安全和您所有一切的合法權益。」

羅獵道：「你拿什麼保證，就是他們手中的武器嗎？」

陸劍揚道：「好像現在你已經沒得選了。」

羅獵轉臉朝舷窗外看了看，看到一輪碩大的紅日正緩緩向沙海落下，他輕聲道：「陸主任怎麼找到我們的？」

陸劍揚道：「不要小看我們的情報網絡。」

羅獵道：「消息倒是很靈通……」他忽然想到了一個問題，昨晚發生的事情，陸劍揚的情報網絡如果準確及時，為何現在才趕過來？

陸劍揚道：「你先告訴我秘密基地的位置。」

羅獵道：「陸主任的消息越來越靈通了。」他說完，皺了皺眉頭道：「有人給你主動通風報訊？」

陸劍揚點了點頭，在他看來現在已經沒有了隱瞞的必要，可羅獵卻越發奇怪，如果陸劍揚是因為秘密基地爆炸而得到了消息追趕上來，一切就合情合理，可他現在連秘密基地在什麼地方都不知道，而且承認有人通風報訊他們才追趕上來，誰會通風報訊？難道……

空中對話裝置中忽然傳來一個驚恐的聲音：「三號機已經被鎖定……」這番話還沒有說完，一顆導彈就命中了三號直升機。陸劍揚和羅獵所在的直升機位於三號機的左側，他們眼看著三號機在空中變成了一個大火球，然後從空中向下方直墜而下。

所有人都被這突然的狀況驚呆了，他們的雷達上根本沒有發現敵機的出現。蓬！對講裝置內緊急呼救的聲音此起彼伏。「二號機被鎖定……」「我們看不到敵人！」「雷達掃描看不到敵機。」「肉眼觀察不到……」

五號直升機內，龍天心一雙眼冷冷望著看守她的士兵：「打算一起死嗎？」

士兵舉槍對著她，他的聲音中充滿了恐懼：「不要動，你不要動！」

龍天心背在身後的右手輕輕轉動了一下手環，馬上有藍色的鱗甲迅速覆蓋了她的全身。龍天心用力一掙，已經擰斷了手銬和腳銬。士兵大叫著扣動了扳機，子彈近距離射擊在龍天心的身上，掉落了一地的彈殼，卻根本無法穿透龍天心的藍色護甲，她伸出手去一把抓住了槍口，猛然將槍奪了過來。

蓬！五號機在此時被擊中，直升機冒著黑煙向下方栽去。

陸劍揚大吼道：「加速！加速！」在看不到敵機的情況下他們唯有寄希望於速度來擺脫對手。陸劍揚望著羅獵，他並沒有做過多的猶豫，就為羅獵打開了手銬，他將一個傘包遞給了羅獵：「會不會跳傘？」

羅獵點了點頭，可陸劍揚還沒有來得及將自己的傘背好，他們所在的六號直升機也被擊中，飛機在空中劇烈晃動著，將陸劍揚從艙門直接就甩了出去。羅獵隨後跳了出去，他剛剛跳離了直升機，第二顆導彈又擊中了直升機。

羅獵好不容易控制住身體，他看到了正在飛速墜落的陸劍揚，羅獵跳傘的機會雖不多，可是智慧種子賦予他的記憶卻可以在瞬間提供空中的緊急應對方法。

羅獵控制自己的身體向陸劍揚衝去，憑藉著超人的冷靜和出色的身體控制能力，他終於追趕上了陸劍揚，一把抓住陸劍揚的手臂，從後方抱住他，然後打開了降落傘。

陸劍揚本以為自己要從高空中墜落，摔下去必死無疑，卻沒有想到羅獵會衝上來救自己，降落傘將他們的身體向上扯了一段距離，然後重新因重力落下。直到他們以不太雅觀的姿勢摔落在沙地上，陸劍揚方才確認自己的確得救了。

羅獵解開降落傘，又向陸劍揚撲了上去，陸劍揚沒搞懂怎麼回事，就被他撲倒在地，沿著沙丘的斜坡翻滾了下去，七號直升機的殘骸落在了沙丘的頂端，如同一個巨大的火球翻滾著向下衝去。

羅獵和陸劍揚翻滾到沙丘的下面停下，那燃燒的直升機殘骸就停在距離他們不到一米的地方，羅獵和陸劍揚被烈焰的熱浪炙烤得幾乎透不過氣來，他們倒退了數步方才先後坐倒在沙地上。

陸劍揚意識到短時間內羅獵已經救了自己兩次，他並沒有時間去感受死裡逃生的喜悅，因為空中最後一架直升機也在墜落，九架直升機全部被摧毀，他們甚至沒有看清敵人的樣子。

羅獵第一時間衝去現場救人，他希望從失事的飛機內盡可能多救一些人，也想找到自己的行囊，尤其是被一起收繳的紫府玉匣。

陸劍揚也加入到營救之中，然而讓他失望和沮喪的是，他們連一個逃生者都沒有救出，因為這場偷襲實在太突然，對方的飛機完全處於隱形狀態，這場攻擊讓所有人沒有來得及防備。

九架直升機的殘骸分佈在方圓兩公里內的沙漠中，對方完成整個偷襲過程還不到半分鐘的時間，陸劍揚頹然坐在沙地上，整個人宛如散了架一般。羅獵仍然在飛機內搜尋著，他沒有找到自己的行囊，他甚至沒有找到龍天心。

陸劍揚默默望著羅獵，他終於大聲吼道：「你在找什麼？」

羅獵沒有回答，仍然在默默搜索。

陸劍揚掏出手槍走向羅獵，槍口對準了他的後心，怒吼道：「說！你是誰？你到底是誰？」

羅獵彷彿沒聽到一樣仍然躬身尋找著，他確信眼前的這架飛機殘骸就是龍天心所乘坐的五號機，裡面有幾局燒焦的屍體，不過屍體都有明顯的士兵特徵，羅獵忽然明白，一切都是圈套。

第三章

設局的目的

羅獵在考慮一個問題，龍天心設局的目的是什麼？
是為了假死逃脫還是為了奪走自己的紫府玉匣？
從龍天心的表現看出，她對自己這塊頑鐵充滿好奇，
以她的經歷和見識或許早就認識了紫府玉匣的來歷。

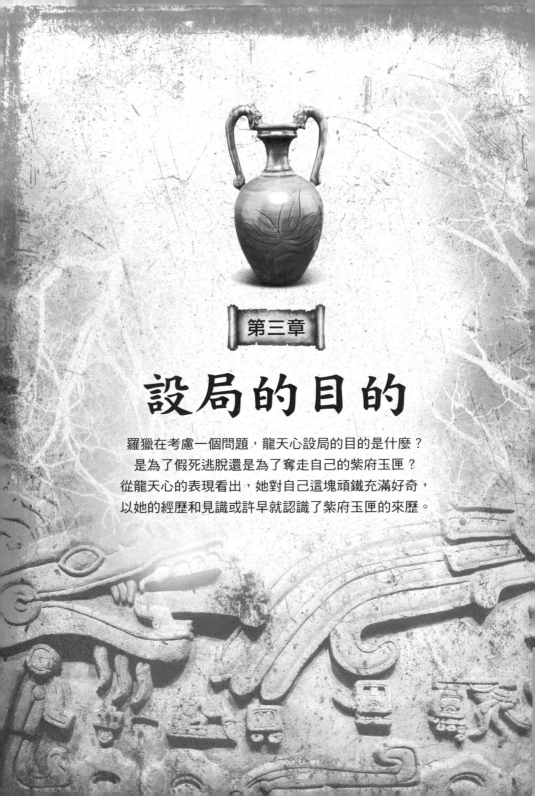

龍天心所謂的偷襲或許根本就是一場她自己製造的假像，她先將自己騙離基地，然後又炸掉了那裡，再通知相關方面，造成一種賊喊捉賊的假像，不過羅獵有一點還沒有想通，如果她製造了這一切，又如何從中彈的飛機上逃亡？

陸劍揚終於還是沒有開槍，他垂下槍口，因為他親眼目睹了一切，羅獵應該對這次的襲擊並不知情。

一架銀色的三角翼飛機出現在他們的上方，飛機垂直降落在沙面之上，陸劍揚低聲道：「跟我走吧。」

羅獵居然沒有反抗，他跟隨陸劍揚一起上了飛機。

羅獵被關押在西北的一座秘密基地中，他本以為自己會長時間和黑暗為伴，不過僅僅在黑暗中度過了三個小時，就有人過來提審他，將他帶到了另外一間黑暗的房間，燈光亮起，陸劍揚隨後從外面走了進來，他關上了房門。

羅獵看清這應該不是審訊室，陸劍揚走過來為他打開了手銬，起身去沖了兩杯即溶咖啡，其中一杯遞給了羅獵。

陸劍揚道：「這是一個圈套，有人故意向軍方透露假消息，其實在透露消息之前就已經炸毀了那座秘密基地，在軍方前往追捕你們的時候，又出動飛機對我們進行了偷襲，讓我方損失慘重。」

羅獵道：「陸主任沒必要跟我說這些。」

陸劍揚道：「有必要，如果佈局的人是龍天心，她可以不在乎你的性命，為什麼連自己乘坐的直升機都不放過？除非她有逃生的把握。」

羅獵相信龍天心一定沒有死，這場局就是她布下的，而羅獵也想透了龍天心的真正目的，她的目的就是要從自己的手中奪取紫府玉匣。

陸劍揚道：「我們在現場找到的所有屍體已經進行了快速身分認證，其中並沒有龍天心。」

這對羅獵而言是意料之中的事情，陸劍揚卻猜不透龍天心這樣做的真正目的是什麼？

陸劍揚道：「她想殺死我們所有人，只有這樣才能神不知鬼不覺地逃走，讓人再也無法找到她。」

羅獵道：「我只是一個保鏢，負責她的安全，至於她怎麼想，你最好直接去問她。」

陸劍揚道：「你知不知道，單單是今天的事情，我們就能給你定上一個合謀的罪行，你至少要被判終身監禁！」

羅獵望著這位陸威霖的後人，感覺他說話的神態和陸威霖很像，如果陸威霖知道他的孫子那麼有出息，一定會感到欣慰吧，從眼前的陸劍揚，羅獵又想到了自己的兒女，他慌忙提醒自己不可以繼續再想下去。

羅獵道：「如果你堅持認為我有罪，我也無話好說。」

陸劍揚道：「你還年輕，難道真想在監獄裡待一輩子？」

羅獵笑了起來，按照輩分，陸劍揚應當稱呼自己一聲爺爺，從他這句話就不難判斷他的心理，陸劍揚是不想關自己的，否則他的這通威脅就沒有任何意義。

羅獵道：「陸主任，我這個人不喜歡繞彎子，咱們不妨打開天窗說亮話。」

陸劍揚點了點頭，他遙控打開了大螢幕，螢幕上出現了龍天心的資料，陸劍揚道：「我們對獵風科技的調查已經持續了三年，對他們的所謂基因治療，我們一直都在跟蹤監測，但是此前接受過治療的患者一直都沒有發生任何的問題。可這次在獵風總部遇襲之後，異變者層出不窮，我有理由相信，過去以龍天心為首的獵風科技對接受他們基因治療的患者可以在一定程度上控制，而這次意外的發生導致了全面失控。」

羅獵道：「我想我的話陸主任沒有聽清楚，我只是一個保鏢，而且被聘用的時間不長，對獵風科技的事情知道的真的不多。」

陸劍揚道：「羅先生應該知道這件事的嚴重性。」他停頓了一下道：「我小時候曾經聽說過一個故事，關於化神激素和異能者，那時候我總覺得是科幻小說，卻想不到有一天會發生在我的身邊。」

羅獵道：「時代在進步，過去只能在神話中見到的情景，現在也有很多變成了現實。」

陸劍揚又切換了一張畫面，上面是一個身穿黑色長袍滿頭銀髮的高瘦男子，陸劍揚道：「他叫明華陽，是中法混血，他的祖上是一位頗有名氣的法國藝術家，為了躲避普法戰爭的兵役，逃到了當時的清朝，據說在蒼白山一帶生活過二十多年，娶了當地的一位女子。」

羅獵忽然想起當年在蒼白山裂天谷的禹神廟，曾經看到了一座美杜莎的雕像，他當時非常的奇怪，詢問顏天心之後才知道，有一位法國石匠為了躲避普法戰爭的兵役逃到了滿洲，加入了連雲寨，他還是顏天心的英語和法文老師。如果不是陸劍揚提起，羅獵早就將這段記憶塵封。

羅獵搖了搖頭：「我不認識他。」

陸劍揚道：「你當然不可能認識他，他是天蠍會的首領，天蠍會是當今世界上最邪惡的恐怖組織之一，他們製造了多起恐怖事件，只是在近兩年突然沉寂了下去，減少了恐怖活動。」

陸劍揚又更換了一張照片，照片上是一個謝頂的中年外國人，陸劍揚道：「他是亨利，獵風科技的技術總監，也是龍天心最為信任的人，同時他也是最早接觸基因治療的人，十八個月前，他的友人報案他失蹤，至今沒有下落。」

羅獵看出了陸劍揚的誠意，他透露了那麼多內部機密給自己，絕不是沒有任何用意的，如果他決心起訴自己，根本用不著和自己說這些。

陸劍揚道：「你最初的身分是我幫忙解決的，我將老太太視為我的奶奶，我非常關心她，最初針對你的調查也是因為這個原因，我擔心你會通過老太太的關係來竊取國家機密。」

羅獵笑了起來：「現在還這麼認為？」

陸劍揚道：「老太太相信的人不會有錯。」

羅獵因他的這句話心中感到了溫暖，陸威霖的子孫也果然不錯。

陸劍揚切換到下一個畫面，主角是羅獵的雪獒，他很快又切到了下一張，畫面上是狗毛和碳十四的監測結果，陸劍揚道：「這隻雪獒非常稀有，而且牠可能是世界上最長壽的獒犬。」說完又意味深長地看了羅獵一眼。

以羅獵的頭腦當然明白他的意思，陸劍揚查到和瞭解到的東西比自己預想中要多。

陸劍揚並未在這件事上停留太久，繼續切換畫面，畫面上是羅獵。

羅獵道：「拍得不錯！」

陸劍揚道：「我聽奶奶曾經說起過一個英雄的故事，他的故事一直激勵著我，可以說他是我的偶像。」

羅獵道：「這個人是誰？」

陸劍揚道：「奶奶暴露過他的名字，我只知道他是我爺爺的好朋友。」他停頓了一下又道：「這樣的人在世界面臨危機的時候，不應該坐視不理。」

羅獵沒有說話，陸劍揚顯然是個極其聰明的人，他一定猜到了什麼，雖然目前還無法證實。

陸劍揚道：「雪獒的事情我並未上報，如果上報必然會引起科學界的轟動，甚至會讓牠成為爭相研究的對象，我能夠看出牠喜歡清淨。」

羅獵微笑道：「陸主任很體貼。」

陸劍揚道：「你的事情我同樣不會上報，關於這次事件的報告我已經全部寫完並送了上去，裡面對你的事情隻字未提。」

羅獵道：「這就證明有兩個可能，一是你要放了我，二是你要殺我滅口。」

陸劍揚笑了起來，羅獵果然頭腦夠靈活，他起身道：「還是我先說說我的幾個請求。」

羅獵並沒有馬上拒絕，因為陸劍揚剛才已經給出了足夠的誠意。

陸劍揚道：「我希望你能夠拿出那個鐵塊讓我研究一下，我想看看它殺死異能者的真正原因是什麼。」

羅獵道：「我所有的東西都已經被你們收繳了。」

陸劍揚道：「我已經讓他們詳細檢查了現場的一切，並沒有找到那塊東西，而此前你呈交給我們的那一塊，只不過是尋常的鐵塊。」

羅獵道：「還有沒有其他可疑的東西？」

陸劍揚搖了搖頭。

羅獵道：「我只知道龍天心前往秘密基地的目的，是為了研製克制異能者的武器。」

陸劍揚道：「怎樣克制異能者？」

羅獵道：「有一種名叫地玄晶的礦石，應該是來自於外太空的隕石。」

陸劍揚道：「怎樣的物質？」

羅獵將地玄晶的特徵大概描述了一下。

陸劍揚又道：「她有沒有說過，為什麼要克制異能者？她所說的異能者是不是那些過去獵風科技的客戶？」

羅獵道：「她曾經提到了亨利，我想這個人應當跟你說的是同一個，據她所說，亨利失蹤是因為竊取了公司的部分機密，他的失蹤很可能和天蠍會有關。」

陸劍揚道：「你是說，亨利竊取了獵風科技的科技成果，然後在天蠍會的幫助下逃脫。」

羅獵道：「應該有這個可能吧。」

陸劍揚的表情變得越發凝重，如果這一切都是現實，那麼他們要面臨的危機不僅僅來自於龍天心，陸劍揚已經預見到所有的一切，可他仍然希望事情不會惡化到這種地步。

陸劍揚道：「龍天心的目的是什麼？」

羅獵沒有說話，因為他回答不了陸劍揚的這個問題，在過去龍天心還是龍玉公主的時候，她最大的願望就是將她的師父昊日大祭司復活，然而現實卻讓她的願望破滅。轉眼之間，又是百年，自己穿越時空來到這個時代，從見她起她就已經富甲一方，她的獵風科技在當今世界的生物科技公司位列前茅，可以說她這麼年輕就已經得到了一個女人夢寐以求的一切。

是自己毀掉了她的生活嗎？羅獵從心底否定了這一點，無論自己是否出現，龍天心的隱患已經種下，從她決定用化神激素來迅速換取財富的時候，就註定她會有麻煩。

這次逃生之後，羅獵始終在考慮一個問題，龍天心設局的目的是什麼？是為了假死逃脫還是為了奪走自己的紫府玉匣？從龍天心的種種表現可以看出，她對自己的這塊頑鐵充滿了好奇，以她的經歷和見識，或許早就認出了紫府玉匣的來歷。

羅獵的內心是失落的，這種失落不僅僅因為失去了紫府玉匣，還因為龍天心的這次設計根本沒有考慮他的死活。江山易改本性難移，羅獵終於明白，正如時空沒有讓自己改變初衷一樣，龍天心還是過去的龍玉。

陸劍揚道：「我希望你能夠跟我合作，如果找不到龍天心，就無法從根本上解決她帶來的麻煩。」

羅獵道：「我雖然很想幫你，可只怕有心無力。」

陸劍揚道：「不是你幫我，是我們相互幫助，我不會去查你的身分，可我也能夠猜到你想要什麼。」

羅獵道：「我要什麼？」

陸劍揚道：「我知道一個計畫正在進行，這個計畫和時空有關，雖然還在籌備期間，可是我應該可以說得上話。」他望著羅獵一字一句道：「如果你願意幫助我解決這個麻煩，我很願意介紹你加入其中。」

羅獵凝望陸劍揚良久，終於主動伸出手去。兩人握了握手，陸劍揚道：「我給你看一些東西。」

陸劍揚打開了一道隱藏的房門，羅獵跟他走了進去，這是一間隱藏的密室，陸劍揚道：「我雖然在國家科學院任職，可是我還有一個秘密的身分，是特種現象研究所的所長，聽起來是不是很威風啊？」

羅獵也忍不住笑了：「是挺威風！」

陸劍揚道：「這個所長和派出所所長不同，特種現象研究所在世界各地一共擁有兩千名高級研究人員，還擁有一支一千人的快速反應部隊，所有這一切都被列為高度國家機密。進入這個部門需要嚴格地審查，一旦加入研究所，一舉一動都必須要受到監控，監控的解除方式只有兩種，一種是死亡，還有一種就是正式退出時候選擇被抹去任職期間的所有記憶。」

羅獵道：「很神秘啊。」

陸劍揚道：「其實世界各國都有類似的組織，知不知道這個組織是誰創立的？」他指了指前方牆上的一幅畫像，羅獵一眼就認出畫像上的人是程玉菲，畫像上的樣子已經不算年輕了，羅獵記得麻雀提到過她的下落，程玉菲在解放後進入了公安系統工作，後來犧牲在了一場反特行動中。

陸劍揚道：「這就是我們的第一任所長程玉菲女士！」

羅獵道：「看起來她是個非常聰明的女人。」

陸劍揚道：「很厲害，破獲了好多的大案，她的資料上是犧牲於一場反特行動，可真正的情況是她犧牲在西海的一次考察行動中。」

羅獵點了點頭，不知為何，他總覺得程玉菲的犧牲和自己有些關係。

陸劍揚道：「她和老太太是最好的朋友，可是就連老太太也不知道她的真正死因。」

在進入前方大門之前，陸劍揚從上衣的口袋取出了一張相片，這張相片他曾經在幻燈上出示給羅獵，相片上是張長弓、阿諾、瞎子、陸威霖和羅獵五人的合影，陸劍揚道：「送給你，算是合作的一個小禮物。」

羅獵接過那張相片看了看，然後小心收起：「謝謝！」

陸劍揚道：「走入這道大門之後，你會擁有一個全新的身分，我們會提供給你所有你需要的資料，同時我們還會提供給你目前最高科技的武器裝備。」

羅獵道：「感覺我即將成為一個間諜。」

陸劍揚望著羅獵很認真地糾正道：「不是間諜，我們通常稱之為獵風者！」

大門緩緩開啟，陸劍揚率先走了進去，一位穿著白色大褂，身姿婀娜的高挑女郎來到陸劍揚的面前：「頭兒，有什麼任務？」

陸劍揚向羅獵道：「這位是林博士，她負責為你檢查身體機能狀況，並為你製作全新的身分證明，接下來的工作由她負責帶領你完成。」

羅獵道：「可是……」他的目光落在林格妮的臉上，心中卻是一怔，因為林格妮的樣貌和蘭喜妹幾乎一模一樣，只是目光中少了些狂野多了幾分冷漠，仔細看林格妮的身材要比蘭喜妹高一些，都是瓜子臉，眉眼還是有很大區別的，最大的共同點就是她們都是千裡挑一的美女。

陸劍揚道：「林博士是我們研究所最年輕有為的一個，你不要看她年輕，她的知識水準和業務能力就算是我也追趕不上。」說完他又補充了一句：「林博士做事很認真，你最好按她的話去做。」

林博士道：「長官誇獎你的時候，通常是要給你分派任務的時候，誇得越多，任務就越麻煩。」她微笑向羅獵伸出手去：「我叫林格妮！」

羅獵跟她握了握手，還是報出了自己真實的姓名：「羅獵！」可能是因為林格妮和蘭喜妹的外貌相似，羅獵對她產生了好感。

林格妮道：「到了這裡你叫什麼並不重要，來自哪裡也不重要，甚至你過去的一切都變得無關緊要，因為無論你過去是英雄還是罪犯，過去無論做過多少好事多少壞事，在這裡都會被抹得一乾二淨，你就是一張白紙。」

她停下腳步，指著前面的透明盒子的艙門道：「我已經根據你的指紋設定了艙門密碼，你進去吧。」

羅獵按照她的指引來到艙門前，伸出右手張開五指平貼在艙門上，艙門緩緩開啟，羅獵進入這間大概有四個平方的盒子裡，林格妮的聲音響起：「脫掉你的衣服，全部脫掉。」

羅獵愣了一下，以為自己聽錯，畢竟這盒子四周都是透明的，自己把衣服脫掉，豈不是要光著身子暴露在別人的注目之下？

陸劍揚已經離開，現場只剩下林格妮一個人，還是個女人。

林格妮道：「你不用耽擱時間，你的相貌和身材還沒有達到讓我欣賞的地步。」

羅獵想要離開這透明盒子，卻發現自己的指紋不起作用了，陸劍揚離開時候說的那句話他現在總算明白了，羅獵暗自歎了口氣，上了賊船，脫就脫，他開始脫掉自己的衣服，只剩下一條內褲的時候向外面看了看，發現林格妮也在看著他，居然面不改色，點了點頭道：「我收回剛才的話，不過還有一件啊。」

羅獵哭笑不得。

林格妮道：「為了你的安全著想，不聽就算了。」她在手中的平板上點了一下，馬上羅獵扔在地上的衣服就燃燒了起來。

羅獵的大腿感到一陣灼痛，卻是內褲也燒了起來，他嚇得抓住內褲用力一扯，極其暴力地將自己的內褲扯成了兩半扔在了地上，轉瞬之間內褲和其他衣服一樣燒成了一堆灰燼。

林格妮道：「反應速度很快。」透明盒子上開始顯示出羅獵身體方方面面的指標，包括他的身高體重、體脂含量、骨骼堅固程度，奔跑的極限速度，能夠承受最高血壓和最快心率。

羅獵有些後悔進入這盒子裡了，這下自己所有的資料都被他們知道了。

林格妮道：「身體狀態不錯，洗個澡換身衣服，然後出來，我會在下一個房間等你。」她的話音剛落，透明盒子上下左右就有溫暖的水流如同密密匝匝的細雨般流了出來，羅獵享受這溫暖沐浴的同時，也不由得感歎現代科技的方便。

洗淨全身之後，暖風自動烘乾了他的身體，從頂部落下隱藏的更衣室，裡面有全套嶄新內衣，還有一套黑色西服。

羅獵從裡到外換上了新衣服，頓時感覺神清氣爽，來到門前，艙門自動打開，羅獵意識到什麼根據指紋設定艙門密碼根本就是騙人，看來這位林博士也是謊話連篇。

羅獵來到林格妮剛才進入的房間，看到林格妮舉起一把手槍對準了自己，心中一沉，還沒有來得及做出躲避的動作，她已經扣動了扳機，子彈射中了羅獵的右胸，羅獵感覺胸口被人打了一拳，這記重拳雖然讓他踉蹌了一下，卻沒有跌倒，也沒有感到中槍後的疼痛。

林格妮已經放下了手槍，羅獵聽到彈頭落地的聲音，低頭望去，自己的西服完好無恙。

林格妮道：「你的這身西服和內衣都有一定的防彈作用，當然只限於常規武器，我的這一槍並不是為了測試你的反應能力，而是要向你證明這身衣服的防彈效果。」

羅獵揉著因子彈撞擊而疼痛的右胸道：「下次開槍之前可不可以讓我有個準備？」

林格妮道：「下次我可能會瞄準你的頭。」

羅獵道：「這避彈衣好像起不到防護頭部的作用。」

林格妮道：「除非是狙擊手，在一般的常規戰鬥中，習慣會讓一個人瞄準更大的目標，通常都會瞄準胸口，所以如果你遇到了喜歡瞄準頭部的狙擊手，只能自求多福。」

她遞給羅獵一塊ROLEX的潛水手錶：「這是特殊改裝的手錶，擁有比〇〇七那塊手錶更為強大的功能，我會花半小時來為你說明，當然，品牌不同。」

整個上午林格妮都在給羅獵上裝備說明課，她也很快就見識到了羅獵超強的記憶力，只要她說過一遍，羅獵就能記住，不僅僅是記住，他在短時間內就能夠掌握裝備的使用方法，甚至比林格妮還要熟練。

林格妮是個嚴格遵守時間的人，中午十二點的時候，到了開飯時間，她和羅獵來到餐廳，餐廳除了機械管家就只有他們兩人，羅獵發現今天吃的是西餐，他一邊用小刀分割牛排一邊道：「我還以為你們已經掌握了我的全部資料，我不喜歡吃西餐。」

林格妮用叉子插起一小塊牛排優雅地送到口中，吃完後擦了擦唇角，微笑望著羅獵道：「可是我喜歡。」端起紅酒和羅獵碰了碰杯。

羅獵道：「我聽說像你們這種部門，工作期間是不允許飲酒的。」

林格妮道：「如果喝酒也是一項工作呢？」

羅獵道：「我想知道我的任務是什麼？」

林格妮道：「你應當不是一個缺乏耐心的人，你雖然從事的並不是諜報工作，可是在某種程度上也有相同之處，所以我必須對你進行一些培訓。」

「多久？」

「一周！」

羅獵詫異道：「這麼久？」

林格妮道：「不算久吧，至少我們兩人要相互熟悉。」

羅獵愣了一下：「我們要相互熟悉？」

林格妮從他的表情意識到了什麼：「怎麼？他沒有告訴你，這次的任務你會有一個搭檔。」

羅獵道：「我需要什麼搭檔。」他已經推斷出林格妮就是陸劍揚為自己安排的搭檔。

林格妮道：「你一個人恐怕完成不了那麼重大的任務，這次我們要扮演一對新婚夫妻，所以我們要彼此瞭解，從現在起，如果沒有特別的事情，我們每天都會在一起吃飯，晚上休息也會在一起。」

羅獵苦笑道：「就算扮演夫妻，也用不著那麼親密吧。」

林格妮道：「我們要打交道的是天蠍會，如果我們有任何的破綻被他們抓住，不僅僅是性命保不住的問題，我們還會將部門數年的心血全都毀掉，乃至毀掉全盤計畫，所以我們這次不容有失，一定要成功。」

她站起身來：「從現在起我們要以夫妻相稱，要熟悉彼此的生活習慣，我會盡可能將我的資料告訴你。」

羅獵望著她的背影，忽然道：「你丈夫會怎麼想？」

林格妮停下腳步道：「我沒有結婚，也沒有男朋友。」

陸劍揚坐在基地的辦公室內，默默抽著煙，直到電話第三次響起，他方才摁下免持聽筒道：「讓她進來吧。」

身穿黑色制服的林格妮推門走了進來，房門在她的身後自動關閉，她筆直站立在陸劍揚的面前，向陸劍揚敬了一個軍禮。

陸劍揚充滿慈愛地望著她：「這裡不是軍隊，你我也不再是軍人。」

林格妮道：「永遠是！」

陸劍揚道：「坐！」

林格妮道：「我還是站著。」

陸劍揚道：「我第一次見你的時候，我坐著你站著，那時你還要仰起頭看著我的面孔，現在我要仰視你了。」

林格妮笑了起來：「那我只好坐下了，其實我才一米七五，比您還矮一公分。」

陸劍揚道：「你還年輕，我一天天老去。」

林格妮道：「您還是不要抽煙，根據您的體檢結果顯示……」

陸劍揚打斷了她的話：「羅獵訓練的情況怎麼樣？」

林格妮咬了咬嘴唇道：「我訓練不了他。」

「他抗拒？」

林格妮道：「我不知道您從哪裡找來了這樣的一個人，我不知道應該用高深莫測還是深藏不露來形容他，他很厲害，領悟能力極強，我甚至懷疑他此前就接受過這方面的訓練，而且是一個高手，我雖然和他朝夕相處了一個星期，可是我卻一點都不瞭解他。」

陸劍揚道：「一點都不瞭解？」

林格妮歎了口氣道：「可能我表達的意思不夠明確，在我們的相處中我掌握不了任何的主動，他很容易就識破我的意圖，在很多的時候，我甚至感覺他是一隻故意逗弄獵物的狼，很不幸我就是那頭自以為是的羔羊。」

陸劍揚道：「如果不是這樣的人，又有誰能勝任這次的任務？」

林格妮道：「我知道這樣的要求違反原則，可是我還是要說出來，您可不可以提供給我再多一點關於他的資料？」

陸劍揚想都不想就搖了搖頭：「格妮，你記住，既然選擇你們成為搭檔，你就要無條件地信任他，我讓你和他以夫妻身分去執行任務，你對此有沒有意見？」

林格妮搖了搖頭，對陸劍揚的命令她向來是無條件執行，在她心中陸劍揚和她的父親沒有任何分別，她幼年時父母就被天蠍會所殺，是陸劍揚救了她，並將她撫養長大，一手將她培養成為基地年輕一代最出色的一個，她甚至感覺陸劍揚對自己比對他的親生兒子陸明翔還要用心。

陸劍揚道：「他是個君子吧？」

林格妮的臉上露出了幾分羞澀，這在陸劍揚眼中卻是一個極大的破綻，冷冷道：「不要忘了你們現在的關係！」

林格妮道：「是，他是個正人君子。」

陸劍揚道：「一定要記住，在任何時候都要控制自己的感情，我所指的不僅僅是你和他之間，還有你父母的仇，你認為自己永遠是一個軍人，就不要忘記軍人的天職。」

「是！」

陸劍揚起身來到她的面前，伸出手拍了拍她的肩膀：「格妮，這次的任務由我單線指揮，如果發生了意外，產生的一切後果和組織無關。」

「明白！」

陸劍揚的眼睛一熱，他生怕自己會當著林格妮的面掉下淚來，背過身去：「最新的資料已經傳送給你，在你們執行任務的過程中，如無特別狀況，我不會主動聯繫你們，所以你們主要依靠自己。」

林格妮道：「保證完成任務。」

陸劍揚道：「務必要清楚一點，你的任務只是配合協助羅獵行動，一定要搞清自己的位置。」他回到自己的椅子坐下，輕聲道：「走吧，平安歸來的時候，我會去接你。」

林格妮道：「不用！」她又敬了個軍禮，轉身離開的時候，她又轉身回來，在陸劍揚的桌上放了兩盒喜糖。

陸劍揚愣住了，林格妮笑道：「您說過擔心我嫁不出去，還說這輩子最大的希望就是吃上我的喜糖，無論怎樣，我和他都算是領過證了，這喜糖我只為您一個人準備。」

陸劍揚打開盒子，剝了一顆塞到了嘴裡。

林格妮問道：「甜不甜？」

陸劍揚點了點頭，他本想說甜，可是喉頭卻無論如何都發不出聲音。

林格妮匆匆走了，在房門關上之後，陸劍揚再也控制不住自己的情緒，兩行熱淚滾滾落下。

第四章

洞察心機的本事

林格妮小鳥依人般靠在羅獵懷中，她開始佩服羅獵了，
自己看走了眼，羅獵洞察別人心機的本事實在是太強了。
她對手中這張牌有信心，相信波切尼一定會想得到這份資料，
不過她還是低估了對方的狡猾。

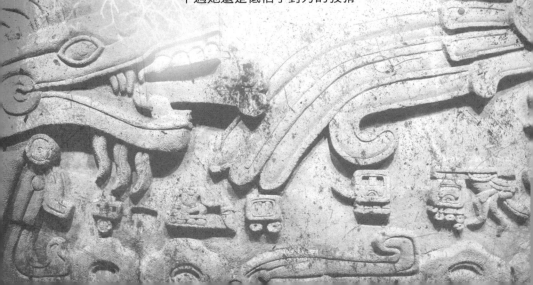

在林格妮的計畫中，他們的第一站是要前往米蘭，要去見一個線人，他們的機票在三天以後，在歐洲的停留時間是一個月，目的是新婚旅行，而羅獵卻要潛游浦江。

林格妮當然不清楚羅獵到底想幹什麼，不過鑒於陸劍揚的交代，她還是對羅獵的第一次提議表示尊重。

羅獵在穿越時空之後雖然潛水能力大為減退，但是現代化的裝備足以彌補這一切，他和林格妮兩人乘坐遊艇來到浦江臨近過去虞浦碼頭的地方，兩人換上潛水服悄然下水。

從林格妮潛游的姿勢，羅獵就知道她在這方面經過了專門訓練，他們已經扮演了一周的假夫妻，名義上是林格妮訓練羅獵，可實際上也是他們彼此相互瞭解的過程。

兩人啟動潛水衣上的小型助推器，潛游的速度更快。

浦江的水質比起過去要好了許多，進入現代社會，人們都注意到了環保的重要，於是開始花費巨大的代價治理環境，也起到了一定的效果。

羅獵按照過去的記憶尋找，卻沒有找到那條藏在水下的白骨壕溝，一切都已經改變了，沒有壕溝，也找不到巨大的武士頭像。

林格妮在水底向羅獵發問：「你到底在找什麼？」

羅獵道：「找沉船，根據我的調查，這裡過去應該有一艘沉船。」

林格妮有些無奈，他該不會利用他們的活動經費來尋寶吧？她並無浦江底部有沉船藏寶的資料，就算是有，也不是臨時抱佛腳就能查出來的，她對羅獵今晚的行為並不滿意，至少在行動之前要多給她透露一些細節，讓她做準備。

羅獵確定過去就應當在這附近，可為何突然不見了白骨壕溝？

林格妮道：「你不是做夢吧？」她打開了水底探測儀，將探測屬性限定在黃金之後，很快就確定在他們的附近果真有不少黃金存在，林格妮開始相信羅獵的話了。

羅獵之所以重來這裡，就是想再次進入當初收藏紫府玉匣的地方，因為上次得到紫府玉匣之後，為了躲避蟒蛇馬上逃離，可並未來得及探察洞穴內是不是還有其他的東西，他希望還能有所發現。

至於白骨壕溝的消失，羅獵認為和水猴子的離去有關，在紫府玉匣被他和吳傑帶走之後，水洞中的溫泉就不復存在，而蟒蛇和水猴子之類的古怪生物也失去了賴以生存的環境，所以牠們一個個選擇離去。

利用林格妮的探測器，並沒有花費太大的功夫就找到了那兩隻鎏金角，因為上面覆蓋了污泥和貝類的緣故，已經看不出原來的樣貌，羅獵找到了水洞，率先游了進去。

林格妮從羅獵老馬識途的舉動中判斷出，他此前一定到這裡來過。林格妮跟隨羅獵的後面潛入水洞，他們的裝備照亮周圍，在水洞中潛游了十多分鐘，羅獵浮出水面，林格妮更確定他來過。

羅獵打開潛水面罩，向周圍望去，看到前方路面上有不少的白骨，林格妮利用隨身的探測儀識別白骨的生物特徵，想要判斷出死的究竟是何種生物。可是她的資料庫中並沒有任何答案，林格妮這才將潛水面罩打開，她低聲道：「你來過這裡？」

羅獵道：「算是吧。」

林格妮道：「這些死去的是什麼生物？」這些骨骼乍看上去有些人的特徵，可生物細緻特徵和人類完全不同，林格妮可以確定這些都不是人類。

羅獵道：「水猴子。」

林格妮愕然道：「水猴子？」

羅獵沿著老船木鋪成的小路向前方走去，這地洞的格局一如往常，似乎什麼都沒有改變過，外界翻天覆地的變化並沒有影響到這裡，在此前可能就是羅獵和吳傑的那次造訪了。

走出不遠就來到了過去溫泉所在的地方，林格妮雖然也見過一些超出人類認知的特殊景象，可是並沒有想到她和羅獵的任務尚未正式開始，就看到了這樣的景象。

溫泉內雖然有水，可是溫度早已和外面的江水無異，羅獵讓林格妮在上方等待，一旦有意外出現就用催淚瓦斯來應付，當然這種意外的可能性微乎其微。

羅獵下潛進入泉眼之中，他本來還擔心那頭瞎了眼的大蟒還活著，可是進入水底很快就發現了大蟒的骨骼，他感到水波蕩動，轉身望去，卻見林格妮也跟了下來，羅獵搖了搖頭道：「你好像沒有遵守約定。」

林格妮道：「上面沒什麼事，我擔心你在水底遇到危險，既然是搭檔，就得彼此照應。」

羅獵也沒有和她分辯，沿著大蟒的骨骼潛游，羅獵對這條大蟒見怪不怪，可林格妮卻是觸目驚心，單從骨骼就能夠想像到大蟒活著的時候體型如何驚人，潭底還有不少水猴子的骨骼。

林格妮利用探測儀探察潭底的地形，她發現附近有一個方形的物體，她向那物體潛游而去，伸手去拿的時候，羅獵卻先她一步將那物體拿到了手中。

林格妮道：「我先發現的。」

羅獵卻已經向上浮起，來到岸上，羅獵坐在岸邊打開了頭罩，端起手中的那個東西，這居然是個普通的石頭匣子，灰不溜秋，看起來不像什麼珍貴的東西，羅獵抽出上方的蓋板，將裡面的水倒了出來，他一眼就看出，石匣裡面的徑線和他們此前得到的金屬塊差不多，也就是說，那東西剛好可以放入其中，石匣就應當是金屬塊的容器。

難道說紫府玉匣是由兩部分組成，只有將兩樣東西合二為一，方才能夠引動紫府玉匣的能量？

羅獵仍記得當時的強光，吳傑雙目失明當然看不到那強光，而自己因為強光的灼傷險些失明，巨蟒當時就雙目失明。可吳傑當時因何只帶走了一部分？

羅獵很快就推斷出，當時兩樣東西應該是分開放置的，雖然兩樣東西沒有合二為一，但是只要距離很近，都在水中，就會產生不為人知的反應，這反應甚至可以讓泉水變得溫熱，如果這兩樣東西合二為一，還不知要產生多大的威力。

羅獵收起石匣，這才意識到林格妮站在一旁冷冷望著他，目光中不乏鄙視，羅獵歉然一笑，搶女人的東西自己實在是有失風度，不過這東西對自己又太重要，他解釋道：「這是我過去失落的東西，現在叫物歸原主，謝謝你的幫忙。」

林格妮道：「你剛才的樣子真是好沒風度！」

接下來的幾天，林格妮都記著這件事，做賊心虛的羅獵主動承擔了多半的工作，他主動拿行李箱，主動去辦托運，甚至主動去給林格妮買飲料送到她的面前。

他們給人的感覺更像是一對鬧彆扭的小夫妻，這樣的表現稱得上漸入佳境了。

羅獵和林格妮拿著機票進入海關的時候，陸劍揚在上方的平台上眺望著他們，他的身邊還站著一位老人，麻雀雙手扶著玻璃，雙目中泛著淚光，她歎了口氣道：「你為什麼不早點告訴我？」

陸劍揚道：「我說過不會瞞您，這次去找龍天心，是他自己提出來的，我給他提供了所有可能的幫助。」

麻雀道：「你想問我什麼？」

陸劍揚搖了搖頭道：「什麼都不問，只是這次的行動可能會非常危險，所以我讓您來送送他。」

羅獵和林格妮的身影已經消失了，麻雀轉過臉，望著陸劍揚道：「你知道我這些天都在擔心，所以你讓我親眼見證他還活著。」眼中泛著淚花，可臉上帶著欣慰的笑容。

陸劍揚不要老太太說什麼，只是看她的表情就已經全部都明白了。

麻雀道：「我從不擔心他的安危，因為這個世界上沒有人能夠戰勝他。」她的話充滿了自信和驕傲。

陸劍揚道：「那女孩叫格妮，您見過她的，是我戰友的女兒。」

麻雀道：「想起來了，為什麼要派她去執行那麼危險的任務？」

陸劍揚道：「她的父母都是被天蠍會所害，當年如果不是他們，我也已經死了，我想保護她，可是她的體內被注入了某種病毒，這麼多年，我始終無法解決這個問題，她的生命不會超過一年。」

麻雀歎了口氣道：「可憐的孩子。」

陸劍揚道：「我希望會有奇蹟發生。」

麻雀再次向窗外望去，她已經看不到羅獵的身影，平靜道：「他是個習慣創造奇蹟的人，格妮一定會沒事。」

陸劍揚笑了起來：「您這麼說我就放心了，您知道的，我早已把她視為自己的女兒。」

麻雀卻又歎了口氣道：「其實你應該擔心，你不怕她喜歡上羅獵？」

陸劍揚苦笑道：「我怕又能有什麼用？女大不中留，走之前，她給我送了兩盒喜糖。」他遞給麻雀一顆喜糖。

麻雀居然接過去，撥開吃了，唇角帶著淡淡的笑意道：「這孩子挺幸運。」

陸劍揚有些不懂老太太的意思，其實麻雀話中的含義只有她自己才能明白。

林格妮是第一次來米蘭，羅獵卻曾經在這裡生活過一段時間，他是和蘭喜妹婚後選擇來到歐洲的，彼時的歐洲一戰剛剛結束，一切處於百廢待興的狀態，羅獵本以為一百多年過後，歐洲也如國內一樣發生了天翻地覆的變化，可是當他看到米蘭古老的街道，陳舊的建築，馬上意識到這座城市並沒有太多的改變。

林格妮道：「從本世紀初，國內的發展速度就遠超這些老牌的資本主義國家，這兩年更是全方位的趕超。我雖然沒有來過這裡，可是我聽說這邊小偷很多，你要多多留心。」

羅獵笑了起來，不知這邊的小偷和盜門有無關係？自己還當過幾年的盜門門主呢。

林格妮指了指前方的門牌號，這是一間頗有年代感的家庭酒店，從酒店到米蘭大教堂步行只有十分鐘的距離，因為這酒店是民宿的類型，連幫忙拎箱子的門童都沒有，羅獵凡事都親力親為。

林格妮在門前check in，拍照上傳驗證護照和指紋之後，系統給出了門鎖的密碼，輸入密碼之後，房門開啟。

羅獵感歎道：「高科技還真是方便。」

林格妮已經走了進去，羅獵拎著兩只行李箱隨後走入，林格妮在房間內先檢查了一遍，之所以選擇家庭公寓而不是正規的星級酒店，原因並不是經費緊張，而是並不想引起過多人的注意，林格妮在檢查確定沒有異常之後，開始在房間內安裝微型監控設備，這是要提防有人趁著他們不在的時候潛入房間。

羅獵對這種事情並不上心，拉開陽台的房門，來到陽台上，向周圍眺望，從陽台的位置能夠看到米蘭大教堂的塔尖。

遠方的落日正在緩緩墜落，米蘭大教堂蒙上了一層棕金色，這色彩顯得神秘莫測，羅獵想到了莫內那幅著名的油畫。

他仍然記得下面的小街，歷經一百多年幾乎沒怎麼改變，記得上次他和蘭喜妹婚後不久來到了這裡，他們打著傘漫步在小街之上，往事如昨，他仍在這裡，蘭喜妹卻早已人世相隔。

林格妮來到他的身後，小聲道：「我煮了咖啡。」

羅獵點了點頭，卻發現遠處有一道反光閃過，林格妮也在第一時間察覺到了，她展開雙臂很自然地從身後擁住了羅獵，小聲道：「有人在監視我們。」

羅獵唇角露出一絲笑意，沒想到剛剛來到米蘭就已經處於別人的監視下。

林格妮可以聽到羅獵的心跳，羅獵的心跳強健有力，節奏始終如一，並沒有因為她的擁抱而有絲毫的改變，林格妮暗歎羅獵的心理素質實在是太過強大，可馬上她又意識到，這或許是因為自身的魅力不足以打動他，即便她和羅獵是在假扮夫妻，仍然讓她產生了一種挫敗感。

羅獵轉過身，盯住林格妮的雙目，伸手為她整理了一下額頭的一縷亂髮，然後也如林格妮那般自然地攬住她的肩頭，兩人走入了房內。

進入房間之後，兩人很快就分開，林格妮去取咖啡，羅獵在沙發上坐下，隨手拿起一本時裝雜誌。

林格妮道：「老公，咱們明天上午去米蘭大教堂好不好？」這是他們事先的約定，從登上飛機之後開始，他們的一言一行就要嚴格按照夫妻那樣去做，就算是晚上休息也會在一張床上，當然他們會保持距離。

羅獵接過林格妮遞來的咖啡，微笑道：「聽你的。」林格妮現在的身分是一間科技公司的技術人員，而她所掌握的治療恰恰是天蠍會正需要的。夫婦兩人的人設都是拜金虛榮，所以他們不惜鋌而走險，想要利用資料換取金錢。

林格妮接洽的人是一位義大利商人，他叫波切尼，威尼斯人，按照他們此前的約定，今天上午的十一點四十分，在米蘭大教堂的屋頂見面。

參觀米蘭大教堂的人絡繹不絕，因為擔心遲到，羅獵和林格妮在一開場就選擇進入，波切尼並沒有說具體的地點，只說到時候會主動聯繫他們。兩人隨著人流沿著狹窄的樓梯拾階而上，既然有人會主動聯繫他們，所以他們索性就當成一次普通的遊覽，林格妮拉著羅獵像別的新婚夫婦一樣擺拍照相。

羅獵心中對這種合照是抵觸的，可為了找到龍天心，他不得不配合，雖然林格妮很漂亮，可羅獵卻沒有主動去瞭解她的意思。他希望林格妮也不要因為這次的任務對自己產生特別的感情，根據以往的經驗，每個和自己走近的女孩，命運都算不上好。

一位英俊的義大利小夥主動走過來，示意自己可以幫助他們兩人照相。

林格妮的義大利語很好，在和對方交談了幾句之後，她將手機交給了對方。那小夥為羅獵和林格妮合照了幾張，向後退了幾步，然後突然向人群中跑去。

他以為自己逃得夠快，可是還未走過前方的石門，就差點撞在一個人的懷裡，羅獵比他的動作更快，已經阻攔在他的前方，一把就擰住了他的手腕，羅獵現在的力量雖然比不上穿越之前，可是對付這樣的蟊賊還是手到擒來的事情，稍一用力，那蟊賊就感覺到手腕骨骸欲裂，他低聲用義大利語祈求著，羅獵從他手裡拿過手機，交給了隨後趕來的林格妮。

林格妮不是沒有預見到這蟊賊的目的，之所以讓他得手，再由羅獵將他抓住，是為了吸引更多人的注意力。

羅獵放開手，那蟊賊轉身就逃，羅獵也沒有追趕的意思，周圍遊客對這種事情已經是見怪不怪，圍觀群眾鼓了鼓掌，卻無人主動去報警，羅獵和林格妮兩人遊覽的心情並未受到任何的影響。

圍觀中人散去之後，一個六十多歲的老人走了過來，他向兩人報以和藹的微笑，用義大利語道：「你會中國功夫嗎？」

林格妮微笑搖了搖頭道：「不是每個中國人都懂得功夫。」這是他們事先約定的接頭暗號。

老人拿起自己的手機，林格妮向手機望去，螢幕上是一張汽車的照片，她記住了車牌號和停車區周圍的特徵，老人摘下禮帽向兩人微微一躬轉身離開。

羅獵和林格妮等了一會兒，才離開了教堂的屋頂，並未在教堂的大廳內停留，他們走向停車場，穿過小巷的時候，羅獵敏銳地覺察到身後有人跟蹤，林格妮小聲道：「不要回頭，後面有三個人跟著我們。」

羅獵道：「前面也有。」

林格妮抬頭望去，這才發現前方的巷口出現了四道人影，其中一人就是剛才在教堂屋頂搶奪她手機的那個。林格妮道：「這些不開眼的蟊賊。」她將手袋交給了羅獵。

羅獵道：「不用我動手？」不等他的話說完，林格妮已經向前方衝了過去。前方的四名蟊賊沒料到這位東方美女居然主動衝了過來，其中一人手中揮舞著蝴蝶刀想將林格妮嚇退，眼看林格妮已經來到了面前，他揮刀向林格妮劃去，林格妮一把抓住他的手腕，反手一擰，那蟊賊因為疼痛而躬下身去，林格妮的膝蓋頂在他的下頜上，重重的撞擊將這蟊賊的下頜骨撞碎。一雙修長的美腿宛如甩鞭，左右開弓踢中另外兩名蟊賊的面門，那名始作俑者看到形勢不妙，轉身就逃，林格妮豈能讓他逃脫，幾個大步追了上去，騰空一躍，照著那蟊賊的後心就是一個飛踹。

蟊賊慘叫著摔倒在地，又因慣性向前滑行，腦袋撞在了路邊的垃圾桶上，垃圾桶傾倒在地，裡面的垃圾灑了他一身。

羅獵從頭到尾都處於旁觀的狀態，後面負責追擊的三名蟊賊看到眼前情景誰還敢向前，他們向一臉殺氣的羅獵伸了伸手指，然後轉身就跑。

林格妮道：「讓開！」

羅獵身體一側，一隻垃圾桶蓋旋轉著飛了過去，貼著羅獵的身側向逃跑的三人追逐而去，接連砸在三人的膝彎處，將三人盡數擊倒在地。羅獵望著殺氣凜凜的林格妮，彷彿頭一次認識這位冒牌妻子。

兩人來到停車場，找到那輛早已停靠在那裡等著他們的黑色賓士商務車，商務車的車門向後滑開，一個帶著墨鏡頭髮花白的歐洲男子向他們點了點頭，示意他們上車。

兩人上了汽車，車內還有三個人，手中的槍口瞄準了他們，那名歐洲男子用義大利語道：「戴上頭罩，我們會把你們送到交易的地方。」

羅獵和林格妮都沒有猶豫，他們接過遞來的頭罩戴在了頭上，汽車啟動了，約莫行進了半個小時左右，終於抵達了此行的目的地。

在得到對方的允許後，他們將頭罩摘下，離開汽車，發現他們處在一個巨大的建築物內，周圍堆滿了草料，遠處依稀能夠聽到伐木的聲音，羅獵判斷出這應當是在米蘭郊外的一座伐木場。

有人過來準備搜身，羅獵擋在了林格妮的面前，雖然是對假夫妻，也有保護妻子不受侵犯的義務。羅獵的行為觸怒了對方，馬上有兩把手槍對準了他。

林格妮慌忙用義大利語道：「我們是來做生意的，既然你們沒有任何的誠意，那麼請轉告波切尼先生，這生意就此作罷。」她牽住羅獵的手轉身做出要離開的樣子，周圍的六人同時掏出了手槍。

而此時傳來一個爽朗的笑聲，一個禿頂矮胖的義大利人從穀堆後走了出來，他手中拿著雪茄，一邊抽著雪茄，一邊挪動著蹒跚的步子。

「怎麼可以這麼對待我們來自東方的客人！」他的聲音非常刺耳，讓人聽著很不舒服。

林格妮道：「波切尼先生？」

矮胖子來到林格妮面前，打量著林格妮道：「是我，美麗的女士，請不要見怪，在這裡談生意，我們通常首先要確定一下客人的誠意，搜身是必須的。」

林格妮準備同意的時候，羅獵卻用流利的義大利語道：「誠意是雙方的，如果沒有誠意，我們不會不遠萬里來到米蘭和你談生意，也不會戴上頭罩在黑暗中奔行三十分鐘來見你，既然你認為我們的誠意欠缺，這筆生意可以不談，我們也不缺少你這樣的客戶，格妮，咱們走。」

林格妮暗叫不妙，今天出門之前，自己千叮嚀萬囑咐，讓羅獵儘量不要多說話，一切以自己為主，他還說不懂得義大利語，可怎麼到了這裡他全都忘了個乾乾淨淨，這個騙子，義大利語說得如此道地。

矮胖子眯起眼睛望著羅獵道：「你以為走得掉嗎？」

羅獵道：「我的身上綁著炸藥，不如你們搜身試試，賭我會不會觸發開關，再賭你們幾個夠不夠幸運，爆炸之後看看生存的機率到底有多大。」

矮胖子嚇了一跳，不由自主向後退了一步，其他幾人也被羅獵嚇住了，其中一人怒道：「把炸藥解下來，不然我這就開槍！」

羅獵望著那叫囂的傢伙一眼道：「開槍？夠膽你就試試。」那人握槍的手竟然顫抖了起來，他的心理素質顯然不夠強大。

矮胖子嘿嘿笑道：「他根本就是在騙我們，哈哈……我就不信你會帶著炸藥過來，難道你不怕死……」

羅獵道：「你說對了，我不怕死，中國人有句俗話，富貴險中求，想要大富貴就得冒著大風險，跟你們交易等於與虎謀皮，我們要是不留點後手，怎麼跟你們玩啊？」他向矮胖子走了一步道：「胖子，不如你來給我搜身證明一下。」

矮胖子嚇得又退了一步。

羅獵道：「真是個孬種，你根本就不是什麼波切尼，波切尼比你還怕死，在沒有給我們搜身確定絕對安全的情況下，他哪會有膽子出來？」

矮胖子唇角的肌肉顫抖了一下，顯然沒想到會被對方如此輕易識破。

林格妮暗暗慚愧，羅獵真是厲害，自己怎麼就沒看出來。

羅獵道：「波切尼如果來了，今天的交易還是照舊進行，不過，我要先看到你們的錢，波切尼如果沒來，那就證明你們全無誠意。」

矮胖子望著羅獵道：「你根本就沒有炸藥對不對？」

羅獵笑道：「我說沒有你會相信嗎？」他忽然出拳，一拳重擊在矮胖子的鼻樑上，打得矮胖子滿臉開花，一屁股坐倒在了地上，矮胖子的手下雖然不少，也都用手槍對準了羅獵，可是沒有一個人敢開槍，羅獵摸透了這幫人的心理，沒有人敢賭他身上到底有沒有炸藥。

羅獵道：「這拳是送給波切尼的，我們還要度蜜月，時間很寶貴，如果他想交易，今晚之前聯繫我們，不要誤了我們明天前往伯恩的列車。」羅獵伸手攬住林格妮的纖腰，向剛才帶他們來的幾人道：「麻煩幾位將我們送回去，不然我們只能自己叫車了。」

林格妮小鳥依人般靠在羅獵的懷中，她開始佩服羅獵了，自己看走了眼，羅獵洞察別人心機的本事實在是太強了。她對自己手中的這張牌很有信心，相信波切尼一定會不計代價得到這份資料，不過她還是低估了對方的狡猾。

這群人果然將羅獵和林格妮送到了原處，羅獵和林格妮下車的時候，那花白頭髮的男子將手機遞給了林格妮：「林小姐，波切尼先生找您。」他的語氣透著客氣。

林格妮接過電話，和對方說了幾句。然後將電話還了回去，挽著羅獵的手臂離開了停車場，小聲道：「今晚八點，棉花俱樂部！」

羅獵冷笑道：「層出不窮的花樣，這幫義大利佬還真是不老實。」

林格妮道：「去不去？」

羅獵道：「不入虎穴焉得虎子。」

棉花俱樂部是一座會員制的高級娛樂場所，羅獵和林格妮準時來到俱樂部，他們對這裡做過一番瞭解，俱樂部的安檢極其嚴格，雖沒有此前遭遇的要直接搜身的無理對待，可是在進出俱樂部會經歷幾道安檢，不允許任何客人攜帶武器。

來到見面的包廂前，看到那矮胖子站在走廊上和一人說著話，他的鼻樑上貼著膠布，眼窩也青了，看到羅獵小眼睛中流露出憤恨的眼神，羅獵朝他笑了笑，然後和林格妮昂首闊步地走入包廂。

包廂內站著六名身穿黑色西裝的彪形大漢圍在一起打牌，在吧台前，背身坐著一位身穿黑色西裝的男子，他搖曳著一杯紅酒，輕聲道：「我聽說你們對我的手下很不尊重！」

林格妮有些詫異，因為這名男子竟然說的是字正腔圓的國語，她一直以為波切尼是個道地的義大利人，難道是她的情報不準？

羅獵道：「尊重是相互的，口口聲聲要和我們做生意，可我們來了，你連面都不敢露，這就是你所謂的尊重？」

男子緩緩轉過身來，當看清他的面容時，羅獵也是一愣，這本該是一個英俊的男子，可是一道斜貫面孔的紫色刀疤卻將這張臉分成了古怪的兩部分，刀疤從他的右眼通過鼻樑一直經過他左側的唇角，如同臉上的一道峽谷。

這張醜怪的面孔對羅獵是極其陌生的，可對林格妮卻再熟悉不過，因為此人就是曾經叛逃的特工伍志堅。這次的任務之所以派遣自己，是因為她和伍志堅從未有過交集，避免被他識破身分的可能。

伍志堅打量著羅獵道：「我就是波切尼，可你並不是我交易的對象，把他帶出去。」

林格妮大聲道：「他是我丈夫，他不在場的情況下，我不會跟你做任何交易。」

伍志堅笑了起來，整個面孔顯得越發猙獰：「那好，讓我先驗證一下你的商品。」

林格妮道：「錢呢？」

伍志堅點了點頭，其中一名大漢拎著皮箱走了過來，他將皮箱放在羅獵的腳下，羅獵拿起皮箱，來到沙發區坐下，打開皮箱，看到裡面堆滿了一疊一疊的鈔票。

林格妮將手鐲取下遞給了伍志堅，伍志堅道：「很巧妙的設計。」他將手鐲靠近電腦：「密碼？」

林格妮將密碼告訴了他，伍志堅輸入密碼之後，很快就進入了資料庫，他迅速流覽著資料，不一會兒就可以確定林格妮提供給他的這份資料是真的。

伍志堅道：「祝賀你們，五十萬歐元可以讓你們擁有一個美滿的蜜月。」

他從桌下拿起了手槍，瞄準了沙發區的羅獵，然而在他轉身的剎那林格妮已經出手了，林格妮從頭髮上抽下髮簪，向伍志堅用力擲去，伍志堅握槍的手被射中，他的手被釘在了吧台上。

與此同時羅獵也已經出手，獵豹一般衝向其中一名大漢，躲過對方的出拳，躬身將對方高大魁梧的身軀扛了起來，原地旋轉著扔了出去，又撞到了另外的兩個，抓起酒瓶左右開弓，將隨後趕上來的兩名大漢擊倒在地。

伍志堅忍痛想要將髮簪取出，可是林格妮的速度更快，她抓起冰塊中的冰錐，揚起冰錐狠狠將伍志堅的左手也釘在了吧台上，伍志堅因為劇痛而發出慘叫，林格妮搶過他金色的手槍，用槍柄狠狠砸在伍志堅的腦後，伍志堅的腦袋撞擊在吧台堅硬的木面上。

羅獵那邊已經將六名保鏢盡數擊倒在地，外面應該有人聽到了動靜，矮胖子帶著兩人推門進來查看動靜，羅獵抓起面前的撲克牌，咻、咻、咻接連扔出三張，三張撲克牌呼嘯劃過空中，深深刺入三人握槍的手腕，三人的手槍接二連三地掉落在地上。

羅獵又抓了一把撲克牌，林格妮原本已經舉起了槍，可看到羅獵神勇的表現，壓根不需要她出手，她用槍口抵住了伍志堅的腦袋：「都給我住手，不然我一槍打爛他的腦袋。」

羅獵走回沙發區，將裝滿錢的皮箱合上，拎起之後來到林格妮的身邊。

伍志堅咬牙切齒道：「你們以為能夠走得出去嗎？」

羅獵道：「我早就說過，你們根本就毫無誠意。」他抓起手鐲遞給了林格妮。望著伍志堅，他忽然伸出手去，手指直接摳入了伍志堅的右目中，一下就將伍志堅的假眼給摳了出來。

林格妮望著那隻假眼，心中也是一怔，剛才她並沒有看出這是假眼，這隻假眼其實是資料獲取器，自己手鐲內儲存的資料在對方讀取的時候，也被這隻假眼同時複製，羅獵心思縝密，連這個細節也沒有瞞過他的眼睛。林格妮將假眼扔在了地上，抬腳踩得粉碎。

伍志堅道：「你們休想走出米蘭。」

羅獵道：「你也不是波切尼，幫我轉告他，這世上沒有空手套白狼的好事。」他抓起伍志堅後腦的頭髮將伍志堅的腦袋重重撞擊在吧台的檯面上，遭受如此重擊，伍志堅暈了過去。

羅獵和林格妮並肩離開了包廂，林格妮看了看羅獵手中的皮箱，提醒他道：「你不擔心被人追蹤？」

羅獵道：「我在想，如何儘快花掉這五十萬歐元。」

想要在夜晚以最快速度花掉五十萬歐元有個最簡單的辦法，那就是去賭場。

那群甦醒的手下幫忙將冰錐從伍志堅的手上拔了出來，伍志堅痛得大聲慘叫著。包廂的房門被人從外面推開，一個穿著灰色西裝的黑人走了進來，他的身高在一米八左右，在這群魁梧的打手面前並不顯得高大，不過他的步幅充滿了彈性和力度，如同一隻蓄勢待發的獵豹，他的綽號就是獵豹。

伍志堅的獨目冷冷望著獵豹，他很惱火自己如此的慘狀被獵豹看到。

獵豹昂著頭對這群人表現出極度的不屑：「獨狼！你帶了這麼多人，居然又把事情給辦砸了。」

伍志堅道：「他們不是普通人，他們的身手全都經過專業的訓練。」

獵豹來到吧台邊，自己倒了一杯酒，右手端起酒杯喝了一口，左手拿起那把帶血的冰錐：「他們就是用這把冰錐刺傷了你？」

伍志堅道：「我會把他們碎屍萬段……」

獵豹點了點頭，忽然揚起手，冰錐狠狠刺入伍志堅的大腿上，伍志堅痛得發出了一聲撕心裂肺的慘叫，獵豹卻沒有急於將冰錐拔出，一邊擰動著冰錐一邊道：「公主說你需要休息，讓我幫忙問候一下你。」

伍志堅感覺到冰錐的尖端已經觸及到了自己的骨骼，他緊咬牙關，額頭全是冷汗。

獵豹終於鬆開了他的手，仰首將喝空的酒杯狠狠摔落在地上，酒杯摔得粉碎，他鄙夷地望著周圍的這群人：「一群廢物！」

林格妮一雙美眸望著羅獵，她已經掩飾不住對羅獵的崇拜了，按照他們本來的意思，來到賭場隨隨便便輸上個幾十萬，然後在裡面的奢侈品商店內好好花上一筆，將手中的五十萬歐元快速洗白。

林格妮拿著二十萬歐元的現金去購物的時候，羅獵將剩下的三十萬兌換了籌碼，他去玩二十一點，林格妮做好了回來後羅獵將所有籌碼輸光的準備，可是當她回來的時候，羅獵面前的籌碼已經翻倍。

在賭場最重要的就是心理，這方面恰恰是羅獵的強項，更何況他在分析計算方面有著超人一等的能力。

羅獵拿出十萬歐元的籌碼讓林格妮去賭，一個小時不到，林格妮就輸了個乾乾淨淨。按照羅獵的話，幸虧他去購物及時回來了，不然林格妮恐怕要把她自己也輸進去了。

除了一萬歐的現金，其餘的錢都存入了銀行卡。

世界上所有的賭場都是一個巨大的銷金窟，賭場的旁邊有廿四小時營業的奢侈品店，甚至還有汽車專賣，這是為了將利潤最大化，輸錢的賭徒自然將財富留給了賭場，贏錢的也會在這裡一擲千金花錢如流水。

一夜暴富的假夫妻在奢侈品店瘋狂購物，他們還買了一輛最新款的賓士越野，將他們的行李和購買的所有商品全都塞入了後車箱。羅獵坐在副駕駛的座位上，看著林格妮輸入他們即將前往的地點。

現在的汽車自動駕駛系統已相當成熟，可在羅獵看來，自動駕駛仍然有些不可靠，至少不如人工駕駛來得妥當，但是連夜開往伯恩畢竟是一件辛苦的事。

林格妮設置路線完成之後，感歎道：「做土豪的感覺也不錯。」

羅獵笑道：「關鍵是花不義之財的時候不心疼。」

林格妮極為認同地點了點頭道：「不但不心疼，反而覺得很痛快呢。」

羅獵抬起手腕看了看時間，這塊改裝的ROLEX走時很準。

林格妮想起了什麼，拿出一個首飾盒，裡面是一對寶格麗情侶對戒，兩人各自取了一只戴上，都笑了起來。

林格妮啟動了汽車，汽車在自動駕駛模式中帶著兩人向下一個目的地駛去。

兩人啟動了睡眠模式，他們的座椅緩緩放倒，兩人平躺在座椅上，座椅的包容性很好，躺在其中就像嬰兒躺在母親溫暖的懷抱裡。全景天窗上顯示著即時路況。

林格妮看到羅獵專注地盯著天窗，柔聲道：「你不用擔心，現在車輛的自動駕駛都很安全。」

羅獵道：「我沒擔心。」

林格妮道：「看得出來。」

羅獵道：「你看得出來？」

林格妮道：「你是個控制欲很強的男人，除了自己誰都信不過。」

羅獵聽出林格妮的這句話意有所指，他笑了笑：「你猜他們會不會跟來？」

林格妮道：「一定會！我說過我們會去伯恩。」

羅獵道：「你故意留下的線索。」

林格妮並沒有否認：「這個波切尼藏得很深，直到現在都沒有露面，不知道他是不是對我們的身分產生了懷疑。」

羅獵道：「一定會懷疑的，你的那份資料真有那麼重要？」

林格妮道：「本身的價值可以輕鬆賣到一千萬歐元吧，不過我們已經有了替代方案，只要交易完成，就會將那套系統全部作廢，過不過期我們說了算。」

羅獵道：「也就是說那套系統一錢不值。」

林格妮道：「我們利用情報將波切尼引出來，只有找到他，才能從他身上知道天蠍會的情報。」

羅獵道：「你怎麼能夠確定他們不會追殺我們？」

林格妮道：「情報本身的價值……」

羅獵道：「也許他們已經懷疑我們的身分，猜到情報只不過是誘餌罷了。」

林格妮道：「可這個誘餌實在太過誘人，波切尼是個商人，情報對他來說就是金錢，以他一貫的做事風格，在他沒有達成目的之前，是不會痛下殺手的。」

羅獵道：「這個波切尼太貪婪。」

林格妮道：「如果不是他太貪婪，我們反而會變得被動，而現在他不得不追蹤我們，我們省了好多的力氣。」

羅獵道：「塞翁失馬安知非福。」

林格妮道：「謝謝！」

羅獵道：「既然是夫妻，就不用說那麼多客氣話。」

林格妮俏臉一熱，還好黑暗中羅獵應該看不到，她卻不知道，自己突然亂了節奏的心跳已經被羅獵聽得清清楚楚，羅獵閉上眼睛佯裝入眠。

林格妮卻久久難以入眠，她清楚自己的狀況，她的生命最多只剩下一年了，不然以陸劍揚對她的呵護，絕不可能派她來執行這次危險的任務，林格妮接受任務的時候就已經做好了犧牲的準備，犧牲之前她要為父母報仇，她要手刃明華陽讓他得到應有的下場，林格妮對這個世界並無太多的留戀，或許是因為從她被救下的那刻起就知道自己要面對比他人更短的生命，這十多年裡她遭受了無數痛苦的折磨，如果不是依靠著頑強的毅力，她早已崩潰放棄。

陸劍揚決定讓她出來執行任務的那一刻，林格妮就已經明白，他對自己的狀況已經束手無策，繼續在基地待下去，只能等待死亡，所以他才會忍痛放自己出來，自己給他送上喜糖的時候，相信陸劍揚同樣明白了自己一去不復返的決心。可羅獵呢？林格妮感覺羅獵的身上充滿了神秘，和他相處越久就越是覺得他深不可測，同時也更加想要瞭解他。

林格妮聽到羅獵均勻的呼吸聲，她不知羅獵到底睡了沒有，沒有喚醒他，只是側身望著羅獵。天窗上的圖案漸漸隱去，星光透過變得透明的天窗投射進來，強調出羅獵輪廓分明的面龐，林格妮入神地看著，這謎一樣的男子心中究竟隱藏著多少的秘密？

羅獵忽然開口道：「你為什麼不睡一會兒？」

林格妮如同行竊時被抓了現形的小偷一樣，慌忙扭過頭去，小聲回應道：「我在看星星。」可她馬上又意識到自己目光朝向的角度並不是天窗。

羅獵道：「你休息吧，我來守著。」

林格妮暗暗鬆了口氣，羅獵應該沒有發現自己剛才的異狀，不過她很快又否定了，以羅獵的精明又怎能瞞過他的眼睛。

林格妮道：「睡不著。」

羅獵道：「可能是時差的緣故吧。」

林格妮嗯了一聲，小聲道：「不如我們聊聊，你從沒提起過你家裡的事。」

羅獵道：「你還不清楚？」

林格妮從他的話中聽出了他在這問題上的抗拒，的確羅獵的資料是她一手辦理的，她對現在羅獵的資料瞭若指掌，林格妮沉默了下去，實在是有些尷尬啊。

羅獵道：「他不該讓你來的。」

林格妮聽懂了羅獵的意思，所指的是陸劍揚。她也感覺到了羅獵的善解人意，他並不想因剛才的話而讓自己難堪。

林格妮道：「他對我像女兒一樣，我父母去世之後，是他救了我，也是他將我撫養成人。」她現在所說的並不是羅獵此前所知道的資料。

羅獵道：「你父母去世和天蠍會有關嗎？」

林格妮沒有否認。

羅獵道：「真實的情況比你想像中要嚴峻得多，也險惡得多。」

林格妮道：「不重要。」

羅獵看了林格妮一眼，看到了她目光中的憂傷，究竟是怎樣的仇恨可以讓一個花樣年華的女孩甘心捨棄生命，陸劍揚又為何忍心將這次的任務交給她？

林格妮笑了笑道：「不公平。」

羅獵道：「什麼不公平？」

「我告訴你這麼多，你卻什麼都不對我說。」

羅獵道：「這個世界本來就是不公平的。」他點了一下一旁的觸摸開關，天窗切換到路況模式，通往伯恩的這條國家公路上並沒有多少車輛。

林格妮道：「你的行為很矛盾，有些時候表現得膽色過人，有些時候又表現得過於謹慎，而且你這個人對高科技的設備往往都會表現出一種懷疑，你更喜歡自己能夠直接操縱。」

羅獵笑道：「你就因此而判斷我的控制欲很強？」

林格妮道：「感覺你有些守舊和老派。」

羅獵道：「可能是因為我的心態已經老了吧。」

林格妮道：「你可不老，你到底多大了？」

羅獵道：「你不知道？」

林格妮道：「最終的結果只有陸先生知道，所以我對他提供的最終資料表示懷疑。」

羅獵笑了起來，看來陸劍揚還是對自己的真正年齡進行了保密，他閉上雙目道：「你猜！」

林格妮道：「三十歲？」

羅獵道：「往大猜。」

林格妮道：「最多不會超過三十五歲。」

羅獵道：「我一百多歲了。」

林格妮以為他是惡作劇，皺了皺鼻翼道：「討厭，你不說實話，你一百多歲了我豈不是要尊稱你一聲爺爺？」

羅獵道：「你想這麼稱呼我也不反對。」

林格妮伸出拳頭在他的肩膀上輕輕打了一下，她並不知道羅獵說的是實話，打完羅獵這一拳她又有些後悔了，自己的舉止暴露了自己的心態，她對羅獵的好感是越來越強烈了，自己會愛上他嗎？林格妮在心中悄悄問了一個問題，如果照這樣發展下去是可能的，林格妮並不害怕，即便是羅獵一點都不喜歡自己，她還有一年的生命，愛了就愛了，至少自己已經嫁給了他，至少他們正在度蜜月，也許相處的時間會更長。

她在這個世界上的時間雖然短暫，可只要活過，來過，愛過，那麼又有什麼值得遺憾呢？

羅獵道：「你會因為報仇，影響到這次的行動嗎？」

林格妮想了想，很認真的回答道：「我不知道，不過我想兩者之間並無任何的衝突。」

這趟行程比起他們預想中要順利得多，抵達伯恩的時候，清晨剛剛到來，這座被稱為熊城的首都仍然保持著古舊的風貌，兩人將車停好，來到事先預定好的公寓，羅獵發現現代社會最大的好處就是坐在家裡可以搞定世界各地的事情，比如這次旅程的訂房在他們離開黃浦之前，林格妮就已經全部安排妥當了。

兩人將行李拿進房間內，望著臥室的大床，林格妮感到羞澀，其實她和羅獵已經有了幾次同床共枕的經歷，羅獵一直表現得都是個守禮君子。

羅獵洗漱之後已經躺在了床上，他準備補個覺。

羅獵道：「咱們來伯恩的目的？」

林格妮道：「備選方案，咱們要接洽第二個買家，波切尼應該會追蹤而至。」

羅獵道：「何時？」

林格妮道：「明天中午在伯恩鐘樓下見面，所以我們可以趁著這個時間在周圍逛逛。」

羅獵對遊覽的興趣不大，他對伯恩此前的最深印象，就是伯恩隨處可見的噴泉，輕聲道：「我睡一會兒。」

林格妮點了點頭，她來到窗前，拉上窗簾，順便看了看他們的車輛周圍並無異狀。

在確信所有安防裝置運轉正常之後，她也感覺有些睏了，來到床邊，掀開被子的一角躺在羅獵的身邊。她發現自己已經不再將這次的行動當成一次單純的任務，她很享受睡在羅獵的身邊，在他身邊睡得踏實而安穩。

羅獵的內心卻是極其複雜的，身邊躺著一個青春鮮活的肉體，除非是聖人，否則又怎麼可能沒有感覺，每當他心中泛起一些念頭的時候，他就會去想他的家人，而這樣轉移注意力的方式又讓他很快就陷入痛苦之中。

來到這個時代的時間越久，羅獵越擔心自己無法返回過去的世界，龍天心曾經是他最大的希望，可是龍天心並沒有因為改名換姓而變得善良，她做事依然野心勃勃不擇手段，羅獵想到了紫府玉匣，紫府玉匣和時空穿梭應該沒有半點的關係，他來到這個時代，只因為他啟動了九鼎，利用九鼎的能量打開了時空之門。

陸劍揚所謂的時空計畫他不知到底有幾分可能，自己想要加入那個計畫也不是毫無條件的，羅獵不喜歡這個時代。

林格妮道：「你有沒有……」她的話沒有說完，她本想問羅獵有沒有結過婚來著，可說到中途就意識到這個問題不妥。

羅獵道：「睡吧，養足精神才能戰鬥。」

第五章

改變她人生的罪魁禍首

自己一輩子只剩下可憐的一年，陸劍揚告訴她，
找到明華陽就能找到救治她的辦法，但是林格妮不報希望，
父母遇害後，她心中最大願望不是健康的活下去，
而是她要復仇，要讓改變她人生的罪魁禍首付出慘痛代價。

林格妮很快就睡去，她在夢中翻了個身，嬌軀緊貼在羅獵的身上，羅獵向一旁挪了挪，可她又抱住了羅獵的手臂，羅獵實在是有些煎熬，望著林格妮芙蓉海棠般的睡姿，他提醒自己，自己的年齡當人家的曾祖父都有剩，可是生理上的一些反應還是無法輕易控制的，羅獵深深吸了口氣，腦海中反覆浮現著家人的樣子，他不可以做出對不起妻子的事情。

屋頂傳來輕微的聲音，羅獵頓時警覺了起來，他輕輕拍了拍林格妮的俏臉，林格妮從夢中驚醒，這才意識到自己貼得如此之近，而且還抱著羅獵的一條手臂，俏臉頓時紅了起來，她想道歉，可看到羅獵神情嚴峻地向她做了個不要出聲的手勢，馬上明白了過來。

羅獵指了指屋頂，展開臂膀，林格妮咬了咬櫻唇，投身入懷，嬌軀偎依在他的懷中。

雖然肌膚相貼，可是兩人此刻卻都沒有放鬆警惕，林格妮的右手悄悄抽出了枕下的手槍，羅獵道：「睡吧！」

外面的動靜平息了下來，過了一會兒，又聽到輕微的腳步聲，如果不是羅獵耳力超群，幾乎會疏忽掉。

羅獵貼在林格妮的耳邊小聲道：「應當是來刺探風聲的。」

林格妮道：「他們好像並不急於對我們下手。」

事實果然讓他們猜中，當天並沒有任何人前來。下午羅獵和林格妮遊覽了伯恩古城，途經愛因斯坦故居的時候，羅獵特地買票上去轉了一圈，無非是一套歐洲的老舊公寓，除了小學生來此朝聖，像羅獵這樣的成人倒是不多，林格妮還以為愛因斯坦是羅獵的偶像，卻不知羅獵同樣抱著朝聖的心理，希望愛因斯坦保佑，這個時代的時光機早日完成，那樣他就可以乘著時光機返回過去了。

離開故居沿著古城的商業街漫步，羅獵感歎道：「愛因斯坦提出相對論那麼久，可為什麼還沒有人把穿越時空變成現實？」

林格妮道：「哪有那麼容易啊，據我所知，世界上有幾個國家專門研發時光機，可後來都失敗了，理論是一回事，實際上又是另外一回事，根據理論推演，時光機要實現可能需要一百年吧。」

羅獵眨了眨眼睛，心情頓時不好了。

林格妮道：「就算真正研製出來，也不知道人類的身體結構能不能夠承受得住時空旅行，如果把人送到過去或未來的某個時代，等到達了地方只是一具屍體又有什麼意義？」

羅獵道：「也許沒那麼悲觀。」

林格妮道：「怎麼沒那麼悲觀？只會更悲觀，你應該聽說過蝴蝶效應，穿越時空肯定會影響到歷史的走向，針對這個可能，各國科學家已經進行過無數次的討論，有人已經提出要徹底禁止這方面的研究，如果我們人類的歷史因為穿越時空而改變，那將會是多麼可怕的事情。」

羅獵的臉上已經沒有任何笑容了，如果當真禁止了這方面的研究，豈不是意味著自己返回過去再無希望？

林格妮道：「老公，你想這麼多幹什麼？難道你還想去古代看看？」她對羅獵的稱呼已經變得非常自然。

羅獵歎了口氣道：「只是隨便那麼一說。」他感到有些口渴，用杯子在射手噴泉內接了杯泉水，羅獵接水的時候，一個黑人也在他的對面用手捧著泉水飲用，向他露出笑容，露出滿口的白牙，羅獵總覺得對方的笑容算不上友善，不過他還是禮貌地報以一笑。

有軌電車從街角轟隆隆地駛過，黑人摸了摸脖子，然後用手指做了一個橫向切割的動作。

羅獵冷冷望著他，黑人起身向後退著走了兩步，然後轉身大步離開。

林格妮看到了這一幕，她本想追上去，卻被羅獵握住了手腕，羅獵道：「不必著急，該來的始終要來，我看這位波切尼先生是準備在我們交易的時候一網打盡。」

林格妮的手機響了起來，她接通了電話，打來電話的是交易人，通知她交易提前到今天下午的五點，交易地點就在鐘樓前。林格妮抬起手腕看了看時間，距離交易時間只剩下十五分鐘了，他們現在走過去剛好趕得及，對方顯然沒有給他們更多的準備時間。

羅獵道：「一定是圈套。」

林格妮道：「有些時候，明知道是圈套還必須要去，你不是說過不入虎穴焉得虎子。」

羅獵道：「這話可不是我說的。」

兩人向鐘樓走去，他們將時間控制得很好，來到鐘樓下的時候，剛好敲響五點的鐘聲，一個中年人拎著皮箱站在鐘樓下，林格妮回撥了剛才的電話，那男子舉起了自己的手機。

兩人向那名中年男子走去，男子操著法語道：「波切尼先生讓我代他向兩位問好。」

林格妮道：「我想見的可不是他。」

「你們好像沒有選擇，在周圍有三名狙擊手瞄準了你們，如果你們不聽話，隨時都會變成死人。」

林格妮道：「如果波切尼先生做好損失一切的準備，那麼我們只好迎接死亡了。」

中年男子指向遠處的露天咖啡廳道：「十七號桌。」

林格妮和羅獵準備向那邊走的時候，中年男子卻道：「你留下！」他指的是羅獵。

羅獵和林格妮對望了一眼，林格妮道：「我們不會分開。」

中年男子道：「那麼交易取消，你們兩個會有一個馬上死在這裡。」

羅獵朝林格妮點了點頭，林格妮咬了咬櫻唇道：「老公，小心。」

羅獵微笑道：「你也一樣。」

林格妮來到十七號桌坐下，遮陽傘下坐著一位身穿白色西裝套裝的女子，她四十歲左右的年紀，有著典型的西西里人外表，帶著一副大框墨鏡，林格妮並沒有料到波切尼會是一個女人。

波切尼深棕色的眼睛透過墨鏡打量著林格妮，她點燃了一支香煙，林格妮則叫了一杯咖啡。

波切尼道：「你知不知道這樣做的後果？」

林格妮望著波切尼，波切尼的墨鏡反射出她身後的場景，她可以看到羅獵現在的狀況。

波切尼顯然意識到了這一點，摘下墨鏡，她的眼睛不完全是棕色，在陽光下隱隱泛出綠色的光芒。

林格妮道：「大不了就是一死，沒什麼好怕。」

波切尼笑道：「死並不可怕，可最怕的是一個人活著另外一個人死了，活著的那個人還要遭受折磨，求生不得求死不能。」

林格妮道：「這樣說來，我更不應該跟你做生意了。」

波切尼道：「在歐洲，除了我沒有人敢和你談這筆生意，五十萬歐元對我來說算不上什麼，我在意的是榮譽。」

「如果你真的那麼在意榮譽，從一開始就不該欺騙我們。」

波切尼歎了口氣道：「對於曾經發生過的事情我很遺憾，我可以明確地告訴你，這麼小的交易我通常是不會過問的，至於你們身上所發生的事情，完全是我手下的主意，還好目前沒有造成太嚴重的後果，這樣吧，我答應你，只要你交出資料，我保證你們夫妻平安無事，不會再讓我的人找你們麻煩。」

林格妮道：「只怕我交出你要的東西之後，我們夫妻倆馬上就會被追殺。」

波切尼道：「你想要什麼？」

林格妮道：「我要在原有的基礎上增加一百萬歐元，你不用急於答覆我，因為我缺乏對你的信任感，也沒有想起合適交易的地方，所以你有足夠的時間可以考慮。」

波切尼冷冷道：「不用考慮，我現在就可以答覆你，你會看著你的丈夫死在你的面前。」

她說出這句話的時候，聽到一聲慘叫，卻是鐘樓上一人從高處摔落下來。

林格妮也被嚇了一跳，轉身望去，卻見趴倒在地上的人並不是羅獵。耳內的微型裝置傳來羅獵的聲音：「不用擔心，我沒事，你幫我告訴她，有一支狙擊槍同樣瞄準了她的腦袋，如果她敢對你不利，馬上她就會頭腦開花。」

林格妮按照羅獵的話原樣重複了一遍。

波切尼的臉色憤怒且惶恐，她看不到羅獵在什麼地方，可有一點能夠斷定，剛剛從鐘樓上摔下的那個人是她埋伏在鐘樓上的狙擊手。

狙擊手在地上一動不動，不知是死是活，附近的員警馬上反應了過來，他們在附近拉起警戒線。

林格妮所在的位置較遠，所以並不在警戒的範圍內，不過仍然有不少客人出於安全的考慮起身離去。

羅獵站在鐘樓對面的高塔上，他拍了拍那中年人的肩頭，中年人目光呆滯，全然不見剛才威脅羅獵的傲氣模樣，在林格妮去十七號桌找波切尼談判的時候，羅獵趁機催眠了這中年人，由中年人帶著他去找三名狙擊手，羅獵已經將他們全部的武裝解除，至於那個剛剛墜樓的狙擊手，是因為羅獵同樣對他進行了催眠，就在這裡，羅獵用中年人的對講機向他發號施令，狙擊手毫不猶豫地從鐘樓上跳了下去。

在羅獵拍擊他的肩膀之後，中年人清醒了過來，他發現自己所在的地方，頓時陷入惶恐之中，在敵人面前突然喪失了記憶，而且不知道自己究竟是怎樣來到了這裡，中年人想要去掏槍，卻摸了個空。

羅獵道：「去找你的老闆，馬上帶她離開，在我還沒改變主意要殺你之前。」

波切尼重新將墨鏡戴上，林格妮道：「一周之後，我們在少女峰相見。」

波切尼道：「祝你們新婚愉快。」她已經徹底明白，自己所面對的絕不是一對普通的夫婦，這兩人的表現大大超出了她的預料之外。

波切尼走向街口，不遠處有一輛勞斯萊斯幻影在等待，她並沒有選擇馬上上車，而是走向一旁的集市，買了一束鮮花，湊近高挺的鼻樑前聞了聞，然後才踩著黑色細跟高跟鞋，不疾不徐地向座駕走去。

先於波切尼趕到車前的中年人殷勤地為她拉開了車門，波切尼上了汽車，中年人隨後跟了進去。

波切尼道：「讓獵豹暫時停止行動。」

中年人點了點頭，他打完電話之後，忐忑不安地望著波切尼，低頭道：「對不起，都是我的疏忽。」

波切尼道：「桑尼，以你的能力本不該如此。」

桑尼道：「我……我被他催眠了。」

波切尼皺了皺眉頭：「羅獵？」

桑尼道：「就是他！」

波切尼道：「如此說來，他才是拿主意的人。」

桑尼道：「我覺得這件事有些蹊蹺。」

波切尼取出一支香煙，桑尼慌忙拿出火機為她點上。波切尼抽了口煙，慢吞吞道：「說吧。」

桑尼道：「我懷疑他們的目的根本就不是要跟咱們做交易，從他們的手段和能力來看，他們都是訓練有素的高手。」

波切尼道：「你懷疑他們只是利用資料當誘餌，引我上鉤？」

桑尼道：「有這個可能。」

波切尼道：「他們底子我查得很清楚，應該沒有什麼問題。」

桑尼道：「可是如何解釋他們的能力？」

波切尼道：「也許不是他們的能力出眾，而是因為我的手下太弱。」

桑尼腦袋再次耷拉了下去：「我絕不會再犯同樣的錯誤。」

波切尼道：「中國人有句俗話，吃一塹長一智，犯錯不怕，怕的是犯了錯卻不長記性，無論他們是不是還有其他的目的，都和我們沒有任何的關係，我要的是魚餌，只要吃到了魚餌，我不介意將釣魚人幹掉！」

桑尼明白了她的意思，在吃到魚餌之前，波切尼應該不會再動他們兩個。

羅獵緩步來到十七號桌，林格妮已經為他點好了一杯咖啡，微笑道：「坐在這裡喝茶看風景倒也不錯。」

羅獵道：「談妥了？」

林格妮點了點頭道：「一周之後在少女峰見，具體的地點等她打來電話的時候我再通知她。」

救護車的鳴笛聲響起，一輛救護車停在剛才從鐘樓上跳下男子的身邊，車上下來了幾名醫護人員將那人抬上了擔架。他很幸運，從鐘樓那麼高的地方跳下來並沒有摔死，不過傷得也不輕，估計要在醫院裡躺很長一段時間了。

林格妮道：「你究竟用了什麼辦法找到了那些狙擊手，還把他扔了下來？」

羅獵笑了起來：「我可沒動手，我只說讓他跳下去，沒想到他真的跳了。」

林格妮啐道：「騙人！」連她自己都覺察到話中明顯的嬌嗔味道，她的臉紅了起來。

羅獵道：「我沒騙你，難道你沒聽說過催眠這回事？」

林格妮眨了眨雙眸道：「你會催眠？此前怎麼沒有告訴我？」

羅獵道：「如果我把這件事告訴你，你每天還能睡得那麼安穩？」

林格妮咬了咬嘴唇，她發現羅獵也不是個純粹的好人。

羅獵喝了口咖啡，看了看暖洋洋的太陽，然後又抬起手腕，他在中年人桑尼的身上安裝了追蹤器，桑尼下了車，目前正在前往圖恩小城的火車上。

林格妮聽他說完之後，想了想道：「這個人是波切尼的左膀右臂，也許從他的身上能夠查到一些線索。」

羅獵道：「至少不能讓我的追蹤器浪費。」

桑尼在圖恩車站下了車，他直接向阿勒河的方向走去，經過Obere廊橋的時候，他趴在廊橋上，等了一會兒，大概過了五分鐘，一名老年修女從他的身邊經過，修女停留了一下。

表面上看兩人似乎不認識，可只要稍加留意還是能夠看出，他們正看著同一方向。

修女望著下方從水閘中沖出的湍急河水，低聲道：「沒有成功？」

桑尼道：「沒有，他們很狡猾，波切尼栽了跟頭。」

修女道：「一定要讓這幫不義之徒受到懲罰。」

「嬤嬤您放心吧！」

羅獵和林格妮就站在不遠處的市場上，兩人都進行了偽裝，羅獵事先裝在桑尼身上的追蹤器將他和修女的對話即時傳送了過來。兩人對話的內容雖然不多，可是從中卻不難推斷出桑尼不單純是波切尼的人。

修女和桑尼已經分手，修女繼續向圖恩城堡的方向走去，而桑尼則繼續站在廊橋之上，似乎在等待著什麼，又似乎單純在欣賞著風景。

羅獵和林格妮交換了一下意見，由羅獵前往跟蹤修女，林格妮則在原地觀察桑尼的動向。

修女走在小城的街道上，因為歷史的緣故，這裡共有兩條平齊的道路，羅獵走在右側的道路上，他所在的地方比修女所在的路面高出了將近三米，所以雖然離得很遠，仍然將修女的一舉一動看得清清楚楚，為了避免被修女發現，修女來到城市廣場，沿著傾斜的小路走向圖恩城堡。

城堡正在維護和修建中，小路上看不到遊客，羅獵裝成遊客的樣子，不時拿出手機拍攝周圍的景色，走走停停，看到修女走入了城堡北側的小門。等羅獵來到門前，小門已經從裡面鎖上了。

羅獵圍著城堡繞了一圈，城堡現在不對外營業，他並沒有貿然進入城堡之中，沿原路去找林格妮，可是林格妮此時打電話過來，原來桑尼登上了從圖恩到施皮茨的渡輪，她也跟了上去。

羅獵並不認為和桑尼登上同一艘船是什麼好主意，可林格妮已經上了船，想要勸她打消主意不可能了，羅獵叮囑林格妮務必要注意隱藏，千萬不要讓桑尼發現他被跟蹤，約定他們在施皮茨小鎮見面。

從圖恩到施皮茨，火車要比輪渡快得多，羅獵來到火車站，進入車廂內，找了個臨窗的位子坐下，平心而論，夏季的瑞士風光美不勝收，可羅獵卻無心流覽風景，對桑尼的跟蹤讓他意識到桑尼很可能是潛伏在波切尼身邊的臥底，他究竟是黑是白，代表何方利益？在伯恩的時候，自己的注意力全都集中在三名狙擊手的身上，卻忽略了對桑尼其他資訊的關注，而桑尼之所以急於來此，應該是擔心被催眠時洩露了什麼。

圖恩湖被稱為上帝的左眼，沿途風光美不勝收，林格妮坐在船艙內，透過舷窗望著船頭，看到桑尼站在船頭幾乎沒怎麼移動過位置，他的樣子顯得有些不安，因為渡輪要在幾個小鎮之間輪番移動，所以行進的速度算不上快，在遠處可看到不少白色的帆板，不少赤裸著上身的人正在湖面上競逐。

船頭傳來陣陣的歡笑聲，卻是一場正在進行的婚禮，他們從圖恩上船，新郎是一個白人，新娘是一位生有棕色肌膚的印度裔女子，他們正在接受著親友們的祝福。

林格妮望著這對新人，不覺陷入沉思，她想到了自己，想到了她和羅獵冒牌夫妻的關係，喜糖只是她用來安慰陸劍揚的一種方式，送給陸劍揚喜糖的時候，她在心底並未承認過自己還會有嫁人的可能，嫁人怎麼可以不穿婚紗不辦儀式呢，看那新娘臉上洋溢的幸福，因幸福而賦予的美麗神采，感覺她的身上蒙上了一層神聖的光環，自己從未體會過這樣的感受，恐怕這輩子也沒機會了。

別人的一輩子上百年，幾十年，自己的一輩子只剩下可憐的一年，雖然陸劍揚告訴她，只要找到明華陽就可以找到救治她的辦法，但是林格妮不報任何的希望，自從父母遇害之後，她心中最大的願望不是能健康的活下去，而是她要復仇，要讓改變她人生的罪魁禍首付出慘痛的代價。

可是這次的任務卻在悄悄改變著她，她這一生從未像最近這麼快樂過，她知道自己的快樂是羅獵帶來的，她喜歡上了羅獵，雖然林格妮至今都不願承認這是愛，可正是因為產生的這種感覺，她對活下去產生了期待。

外面的歡笑聲打斷了林格妮短暫的沉思，她驚奇地發現桑尼已消失在原來的位置了，林格妮四處尋找的時候，一個身影出現在她的身邊，是桑尼，桑尼在她旁邊的空位上坐下。

桑尼低聲道：「你一直都在跟蹤我，碼頭的時候我就發現了。」

林格妮淡淡笑了笑道：「可能只是巧合。」

桑尼的左手藏在懷中，雙臂交叉著，藏在西服裡的手槍瞄準了林格妮，他低聲道：「我現在開槍，也不會驚動其他人。」

林格妮道：「我丈夫就在你的身後。」

桑尼笑了起來：「很好的藉口，可惜我已經仔細檢查過，他並不在這艘船上。」

林格妮道：「如果波切尼知道你背叛了她，你猜她會怎麼對付你？」

桑尼道：「她不會知道。」

林格妮道：「其實你和修女見面的時候，我們就在跟蹤你了。」

桑尼的表情變得有些僵硬，他的手雖然沒有從衣服中拿出來，可是槍口卻垂落了下去，因為他從林格妮的話中判斷出，羅獵不在這艘船上是因為他們兩人分頭行動，羅獵去跟蹤修女了。

桑尼道：「你們不知道在跟誰作對！」

林格妮道：「我們只想要錢。」

桑尼露出一個無法相信的表情，他收起了槍。

林格妮道：「也許我們的目標一致。」

桑尼道：「我該下船了。」下船之前，不忘警告林格妮道：「不要妨礙我的事情，我也不會過問你們的事情。」

林格妮道：「在我們那裡這叫井水不犯河水。」

桑尼點了點頭站起身來，向停靠的碼頭走去。

林格妮並沒有繼續跟蹤，因為被桑尼發現，她的跟蹤行動徹底宣告失敗，羅獵還在施皮茨小鎮等她。

林格妮來到施皮茨碼頭的時候，看到了已經在碼頭上等她的羅獵，她快步走向羅獵，還沒來到羅獵的面前，天空就下起了雨，她趕緊一路小跑，羅獵脫下上衣，撐開之後擋在林格妮的頭頂。

兩人一路小跑，來到不遠處的施皮茨城堡，雖然他們並未將這裡列在旅遊的行程之中，可現在上天卻把他們留在了這裡。站在門廊下，林格妮將自己暴露的事情告訴了羅獵。

羅獵安慰她道：「也算不上什麼大事，桑尼本身就是內鬼，他和波切尼也是對手，我們跟蹤他的事情，他才不會提。」

林格妮道：「我只是擔心，他會因為害怕洩密而出手對付我們。」

羅獵搖了搖頭道：「沒可能的，他又不是傻子。」

林格妮道：「可萬一他是呢？未雨綢繆總是好的。」

羅獵道：「雨下這麼大，哪來的未雨綢繆？」

林格妮望著前方密密匝匝的雨絲禁不住笑了起來，輕聲道：「這邊就是這個樣子，雨來得快，去得也快，我估計雨很快就會停。」

林格妮顯然估計錯了，雨一連下了兩個小時都不見停歇的跡象，兩人決定就近住在這小鎮上，他們找了附近的一家家庭賓館，出示證件之後，很快辦好了入住，林格妮去洗澡的時候，羅獵站在窗前望著外面的雨，看來今天上帝一定遇到了傷心事，不然怎會哭個沒完？

桑尼的信號已經完全消失，他應當是發現了身上的跟蹤器。

林格妮換了浴袍出來，他們都是渾身濕透，因為臨時決定留下過夜所以並沒有替換的衣服。即使是一件浴衣，也顯出林格妮慵懶的味道，林格妮讓羅獵去洗澡，以防感冒。

羅獵提醒林格妮，他們的車還留在伯恩。

林格妮道：「行李都在車內，我可以遙控啟動汽車，直接來到這裡，這樣咱們就不用返回伯恩了。」

羅獵點了點頭，他去洗澡，等出來的時候，發現林格妮愁眉苦臉地坐在床上，托著俏臉撅著櫻唇。

「怎麼了？」

林格妮道：「車被盜了。」

羅獵道：「被盜了？」他並沒有表現出太強烈的反應。

林格妮道：「你好像一點都不驚奇，一點都不心疼？」

羅獵道：「舊的不去新的不來。」

林格妮道：「可是裡面的衣服我根本都沒穿過，好多東西都沒有拆封呢。」

羅獵道：「再買嘍，大不了咱們再去一次賭場。」

「你好像還有一張卡！」

羅獵笑了起來：「難為你還惦記著，好，那張卡給你用。」

林格妮道：「還吹什麼世界上防盜性能最好的汽車，簡直是詐欺。」

羅獵道：「沒事，別忘了咱們買過保險了。」

林格妮經他提醒才想了起來：「是啊，我怎麼忘了。」她的情緒頓時輕鬆了許多，起身道：「你歇著，我去把衣服洗洗烘乾。」

羅獵看了看時間道：「別忙了，先去吃飯吧。」

林格妮道：「很快，給我半個小時。」

羅獵並不喜歡當地的餐飲，飲食文化方面仍然以東方為最，連吃了幾天西餐之後，他現在最想要的就是濃油赤醬的一碗麵，哪怕是有瓶辣醬也成。

林格妮看出羅獵對晚飯興趣不大，小聲道：「不合口味？」

羅獵點了點頭道：「忽然想吃中餐了。」

林格妮道：「等明天我給你做。」

羅獵打量著林格妮，林格妮卻誤會了他的意思：「怎麼？看不起我？」

羅獵笑道：「不敢！」

林格妮道：「明天……」她忽然停了下來，因為桑尼身上的跟蹤器又有信號了。信號的位置不遠，就在古堡附近的墓園。

羅獵道：「可能是圈套。」

林格妮道：「一定是圈套，可我還想去看看。」

羅獵拿起紙巾擦了擦嘴，站起身來：「我去看看吧，你留下來休息。」

林格妮搖了搖頭，追上羅獵的腳步，挽住他的手臂，羅獵意識到林格妮已經完全進入了妻子的角色，他因此而感到忐忑，如果林格妮愛上了自己，對她絕不是什麼好事。

雨已經停了，林格妮還是從旅館借了一把傘，從古堡的葡萄園旁邊走過，沒走多遠就看到了墓園。一位身穿白色修行袍的修女就站在墓園中，雙手做祈禱狀，因為後背朝著他們，所以看不清她的樣子。

林格妮看了看跟蹤儀，確定跟蹤器就在這名修女的身上，從修女的服飾來看，她還只是一個見習修女，還沒有來得及立誓。

林格妮道：「你好！Sister！」

白衣修女冷冷道：「你們是什麼人？為什麼要跟蹤嬤嬤？」

林格妮道：「我不明白你在說什麼。」

白衣修女緩緩轉過面孔，她生有一張典型的東方美女面孔，林格妮尚未覺得什麼特別，可羅獵卻如同被霹靂擊中，被震撼得無以復加，因為眼前的修女分明就是他的母親沈佳琪，雖然要比他印象中的母親要年輕，可是羅獵仍然可以斷定，她就是自己的母親。如果不是時空穿越，怎麼可能發生這樣的狀況！

白衣修女已經快步向他們衝了過來，行至中途，一對十字劍從她寬闊的袍袖中滑落下去，她首選的攻擊目標是羅獵。

林格妮對羅獵的實力本來頗有信心，可是看到羅獵竟還在木呆呆望著這修女，整個人如同石化了一般，林格妮暗叫不妙，她揚起雨傘迎了上去，在對方刺出十字劍的時候，撐起雨傘，向對方的雙劍迎去。

雨傘當然擋不住鋒利的十字劍，在十字劍的劍刃穿透雨傘的時候，林格妮猛然旋動雨傘，雨傘的鋼骨將十字劍攪入其中，不過雨傘的鋼骨無論強度和韌性都無法和十字劍相提並論，馬上響起鋼骨崩斷的聲音。

林格妮抬腳向修女的小腹踢去。

白衣修女身軀凌空飛起，順勢抽出雙劍，飛升到距離地面三米的高度，突然頭朝下向林格妮衝去，一雙十字劍劃出兩道急電，直奔林格妮的面孔刺去。

羅獵望著空中的母親，內心之中五味雜陳。

林格妮向後連退三步躲過修女的這次刺殺，她發現羅獵仍然站在原地無動於衷，心中實在不解，難道他不急於出手的目的是要看看自己的身手到底如何？

林格妮準備再度衝上去和白衣修女決戰之時，羅獵終於開口了，他沉聲道：「佳琪！是你嗎？」

那白衣修女停下了腳步，她的表情充滿了錯愕，顯然不知道對面的這個男子為何可以如此準確地喊出自己的名字？

羅獵本來也只是抱著試試看的態度，畢竟他無法確定母親究竟叫不叫這個名字，之所以沒有叫她沈佳琪，是因為父親叫沈忘憂，羅獵懷疑母親的姓氏是後來改過的，所以他才直呼其名。

從修女的反應來看，自己猜對了，羅獵心潮起伏，不是每一個人都有機會見到母親沒結婚的時候，羅獵知道沒有人會相信自己是她的兒子，現在的母親看起來要比自己年輕得多。

修女望著羅獵，滿臉狐疑道：「你是誰？我見過你嗎？」

羅獵抑制住自己激動的心情道：「貴人多忘事，我叫羅獵！」

「羅獵？」修女搜索著自己的記憶，可是無論她怎樣努力都想不起這個名字，但是望著羅獵的雙目殺意漸漸散去。

羅獵道：「我只想提醒你，我們無意干涉你們的事情，你也沒有能力殺死我們。」

林格妮看了看羅獵又看了看修女，發現他們的樣貌似乎有些相像。

修女道：「那是因為我沒想殺掉你們。」

羅獵笑道：「咱們雖然不是朋友，可絕不是敵人。我們想要對付的目標應該是同一個，與其相互殘殺，不如攜手合作。」

修女淡然笑道：「我不需要合作。」

羅獵道：「你們總不希望多一個敵人吧？」

羅獵的話起到了一定的作用，修女收起雙劍，她向羅獵道：「我也給你們一個忠告，波切尼是一個相當危險的人物，和她交易等若與虎謀皮，不要以為你們占了些許的主動，明智的話趁著她還沒有決定殺死你們之前，儘快離開歐洲，到一個她找不到的地方躲起來。」

羅獵道：「你擔心我們影響到你們的計畫。」

修女發現對面的男子非常精明，她並未把話說得太透，可是他已經完全明白了。既然他明白了，也不妨把話說得更清楚一些，她點了點頭道：「錢再重要也不如性命重要。」

羅獵道：「你明知我們不是為了錢！」

林格妮內心一沉，羅獵為何要向她說那麼多的內情，他又怎麼知道此女可以信任？

修女不再說話，她決定離開，臨行之前又向羅獵看了一眼。

羅獵癡癡望著母親的背影，直到徹底消失在夜幕之中，他還未收回目光，一旁林格妮用手臂搗了他一下道：「人家都走遠了，別看了！」

羅獵悵然若失。

林格妮道：「你就這樣將我們的目的告訴她？她這麼值得你信任？」

羅獵點了點頭道：「值得！」他的內心是矛盾的，九鼎的啟動可以說和母親有著直接的關係，雖然羅獵一直不肯面對這件事，但事實終究是事實，風九青的腦域被母親的意識所控制，到後來，風九青的所作所為一定受到了她的影響。

麻雀動用所有力量去尋找的人居然被自己找到了，羅獵感到欣慰的同時又感到危機深重，母親究竟在從事什麼事情，父親不是告訴自己，她參加了時空穿梭的計畫，是七人小隊的成員之一，可從目前的狀況來看，她應該還不認識父親，也沒有接觸到時空計畫。

林格妮的提問打斷了羅獵的沉思：「你認識她？」

羅獵道：「就算是吧。」

林格妮道：「我感覺你們有些像啊，她跟你是不是有什麼親屬關係？」

羅獵道：「我發現你變了。」

林格妮道：「怎麼變了？」

「變得越來越八卦。」

對羅獵和林格妮而言，這是平靜的一周，波切尼果然沒有再派人找他們的麻煩，期間他們又去了一趟伯恩，意外發現他們的汽車仍然停在原地，應該是遙控鑰匙和汽車之間的通訊出了問題，兩人仔仔細細檢查了一遍汽車，確信沒有人在汽車上安裝追蹤器。這一周，他們駕車遊覽了少女峰周邊的小鎮，暫時忘記了他們即將面臨的凶險，就像一對普通夫婦一樣盡情享受這段悠閒時光。

第六天的夜晚，波切尼果然準時打來了電話，林格妮和她約定明天午後兩點，在少女峰頂相見。

在此之前羅獵和林格妮已經先行考察過了地形，波切尼如約而至，她只帶了一名隨從，來到少女峰頂白皚皚的雪野之上，看到一條蜿蜒行進的徒步隊伍，波切尼從人群中搜索著羅獵和林格妮的身影，她很快就放棄了，拿起電話撥通了林格妮的號碼。

「你們在什麼地方？」

林格妮道：「你跟著人群一直往前走，我在兩公里左右的地方等你。」

波切尼掛上電話惡狠狠罵了一句，她感覺自己在被對方牽著鼻子走，暫且忍耐，只要等她拿到資料，馬上就會讓這對不知天高地厚的夫婦知道她的厲害。

風雖不大，路卻並不好走，波切尼深一腳淺一腳地走著，頭頂不停有遊客凌空飛渡，遠處不停有直升機起落，帶著客人從空中俯瞰阿爾卑斯山的美麗風光。

和波切尼並行的就是獵豹，他包裹得很緊，帶著大大的墨鏡，在全身包裹的狀況下，外人是無從分辨他的膚色的。

波切尼道：「他們在故意跟我們兜圈子。」

獵豹不屑道：「放心吧，一切都已安排妥當，只要他們交出資料，我會馬上把錢拿回來，順便再將他們送到山下。」他的目光透過墨鏡投向遠方的懸崖。

波切尼向前走了兩公里左右，遊人開始變得稀少，她仍然沒有看到要找的人，正準備再打電話的時候，她的電話響了起來，波切尼接通電話。

「讓你的手下留在原地，你自己帶著錢過來！」

波切尼向獵豹看了看，獵豹點了點頭，他停在原地，目光向周圍四處搜索，尋找著可疑的人物。

波切尼一個人拎著箱子向前方走去，按照林格妮的指印，繞過前方的雪榖，看到一個穿著白衣的女子站在右側的雪丘上，她走了過去，跨過黃色警戒線，雪馬上就到了她的膝彎，波切尼皺了皺眉頭，在心中又罵了幾句，這才深一腳淺一腳地來到了對方的面前。

白衣女子就是林格妮，林格妮向波切尼笑道：「你好，我們又見面了。」

波切尼將箱子遞給了林格妮：「你檢查一下，一百萬歐元。」

林格妮微笑道：「我信得過你。」她將手鐲遞給了波切尼。

波切尼接過手鐲，她信不過林格妮：「不介意我檢查一下吧？」

林格妮道：「當然要驗貨。」

波切尼將手鐲戴在自己手腕上，然後將手機靠近，她是無法鑒定系統真假的，所以她必須將系統上傳，由技術人員來判斷，林格妮將密碼告訴了她。

波切尼很快就得到了答覆，系統沒有任何問題，雖然她給出了一百五十萬歐元，可是她只要一轉手就至少可以賣到五百萬歐元以上的價格，波切尼本該滿足，可她卻咽不下這口氣，波切尼向林格妮伸出手去：「合作愉快！」

兩人握手之後，波切尼回頭向來時的路走去。林格妮耳中傳來羅獵的聲音：「馬上離開。」

林格妮快步走下雪丘。

波切尼也走得很快，她始終沒有回頭，直到回到獵豹身邊，獵豹低聲道：「行動？」

波切尼搖了搖頭道：「再等等，等系統全部傳送完畢。」說話的時候電話響了起來，接通電話，得到系統資料已經全部傳送完成的好消息，波切尼道：「接下來的事情交給你了。」

林格妮沿著雪丘下行，她來到了主路上，此時頭頂傳來直升機的轟鳴聲，她本以為只是一架普通的觀光直升機，可直升機越飛越低，耳邊傳來羅獵的示警聲：「快跑，不要回頭！」

林格妮邁開一雙長腿在雪地上大步奔跑起來。

一個白色的身影從直升飛機上飛掠而下，他的雙足之上踩著一塊磁力滑板，滑板緩衝了他下墜的速度，在他落在雪地上之前，智慧平衡系統已經精確調整好了角度和位置，磁力滑板落在地上，然後迅速向前方滑去，一個接著一個，從直升機上一連跳下了六名武裝人員。

林格妮取出藏在雪中的電動雪橇，迅速啟動，電動雪橇瞬間提速到最大，向前方衝去。

突突突，後方的武裝者已經瞄準林格妮開槍，電動雪橇後方捲起大片的雪霧，遮住了追擊者的視線，林格妮在雪地上曲折行進，雪橇在雪地上拖出一條逶迤如長蛇的長長痕跡，而且還在不斷延展。

追擊者緊隨電動雪橇轉過彎道的時候，冷不防一條繩索橫在前方，高速行進中的追擊者因為慣性接二連三地撞在了繩索上，六名裝備精良的追擊者出師不利，還沒有射中目標就全部被掀翻在地。

羅獵宛如一頭雄獅撲向獵物，他將還有戰鬥力的幾人逐一擊暈在地。

林格妮在前方高聲道：「快！上來！」

羅獵從地上撿起了兩把微衝，快步來到林格妮的身邊坐在她的身後。林格妮再次加速，電動雪橇後方雪浪滾滾，一會兒功夫就將那些追擊者甩出很遠。

羅獵回頭望去已經看不到那幾人的蹤影，這才放下心來，林格妮笑道：「他們好像也沒什麼招數……」她的話沒有說完，羅獵卻一把抱住了她帶著她跳離雪橇，撲倒在一旁的雪地之中。

林格妮並未搞清發生了什麼，可是一發炮彈擊中了雪橇，雪橇被擊中後發生了爆炸，沖天的火光中雪橇變得四分五裂。

羅獵瞄準了空中扣動微衝的扳機不停發射，向林格妮道：「快去下一個地點。」

一個身穿白色護甲的人站在小型懸浮飛行器之上，他手中端著一支碩大的螺旋離子槍，他就是獵豹。

羅獵微衝射出的子彈擊中了獵豹的護甲，可是卻無法將對方的護甲穿透，獵豹又瞄準了羅獵，羅獵慌忙向一旁翻滾，他的能力雖然大不如前，可是預感和判斷仍然準確，否則也不可能在千鈞一髮的時候躲過對方的槍火。

離子槍的威力奇大，剛才羅獵所在的地方被射出一個直徑近兩米的雪坑，羅獵也被激起的雪浪掀到了半空中，羅獵摔落在地上，周身骨骸欲裂。獵豹再次舉起了離子槍。

生死一線的關頭，林格妮又轉身回來，她向羅獵的上方丟出了一顆凝氣彈，凝氣彈爆炸可以在瞬間將周圍變成冰層，實際上等於形成了一層厚厚的冰盾。

離子彈射中了冰盾，冰盾四分五裂，一塊碎裂的冰塊向林格妮飛去，林格妮面對高速飛來的冰塊來不及閃避，這拳頭大小的冰塊直接砸在了她的右腿上，她甚至聽到自己骨骼斷裂的聲音，斷裂的劇痛讓她無法繼續支持站立，一屁股坐在了雪地上。

羅獵忍痛抓起了地上的冰塊，用盡全力投擲出去，這次的反擊獵豹缺乏充分的估計，而且羅獵攻擊的目標並不是他，而是他腳下的懸浮飛行器，冰塊砸在懸浮飛行器上，懸浮飛行器因這次撞擊而飛速旋轉起來，獵豹猝不及防失去平衡，他努力想要重新控制住飛行器，可惜沒能成功，從五米多高的空中跌倒在了地上。

不等他坐起身，羅獵已經衝了過去，抬腳將獵豹手中的螺旋離子槍踢飛。

獵豹一拳擊中了羅獵的小腹，羅獵被這次重擊打得躺倒在了雪地上。

獵豹站起身向羅獵走去，他畢竟穿著一身的護甲，雖然防護力極強，可是身體的靈活性難免受到影響。

羅獵一個剪刀腿，絞住獵豹的右腿，試圖將對方再次掀翻在地，可是身穿護甲的獵豹體重遠勝於他，羅獵這次沒能成功，獵豹的雙手卡住羅獵的脖子，護甲不但可以增強防禦力，而且還可以使他的力量增強三倍，羅獵抓住獵豹的手腕試圖將他如同鐵鉗般的手從自己的脖子上拿開，可是羅獵的力量根本無法和對方抗衡，隨著獵豹雙手的收緊，他的臉都變成了紫紅色。

林格妮看到羅獵命在旦夕，她撕心裂肺地尖叫著：「時間！」

羅獵因林格妮的這聲呼喊突然明白了過來，他揚起左手，狠狠砸在自己的額頭上，獵豹並不知道他這樣做的意義，可馬上他就看到一道灼熱的光線，這光線直接射穿了護甲的面罩，獵豹出於本能反應放開了羅獵，一個後仰，饒是如此，他頭頂的肌膚也被這道穿透面罩的光線灼傷。這更激起了獵豹的凶性，他爆發出一聲怒吼，再度向羅獵衝去。

羅獵捂著脖子，大口大口呼吸著，他還沒有從剛才的窒息中完全恢復過來。

林格妮艱難爬行到螺旋等離子槍的旁邊，端起等離子槍對準獵豹扣動了扳機，可是並沒有成功觸發，原來這等離子槍進行了專門設定，除了獵豹之外，其他人無法正常使用這件武器。

獵豹意識到了這一點，他轉過頭去，望著林格妮露出獰笑，然後一步步向林格妮走去，林格妮已經無力移動腳步。

獵豹即將走近林格妮的時候，忽然聽到一個聲音道：「嗨，是男人的話，敢不敢跟我真刀真槍地決鬥？」

獵豹沒有理會，又向前跨出了一步。

羅獵道：「看來你的血脈裡始終流淌著卑賤的血，毫無自信的傢伙。」

獵豹猛然回過頭去，他的雙目被怒火染紅了，他最無法忍受的就是別人鄙視他的血統。

羅獵脫去羽絨服，從腰間抽出了一把軍刀。他本想利用激將法引誘獵豹脫掉護甲，可獵豹顯然沒有中計，他只是暫時放下林格妮，決定先將羅獵殺死，無非是順序的改變而已。

羅獵挑釁地向獵豹招了招手，獵豹大踏步向他跑去，猶如雪地上急速奔行的坦克，他要將這不知天高地厚的傢伙碎屍萬段。羅獵手中的軍刀猛然飛了出去，軍刀猶如一道疾電，正中獵豹已經破損的面罩，獵豹被嚇了一跳，可幸運的是軍刀嵌入了面罩的裂縫中，刀尖距離他的額頭只剩下不到一公分的距離，獵豹驚出了一身的冷汗，不過他馬上因為自己的幸運而發出一聲狂笑，他伸出手，將嵌入面罩中的軍刀用力拔了出來，他就要用這把刀割斷羅獵的喉嚨。

羅獵的手中已經沒有了飛刀，不過他笑了笑，又揚起了手。

獵豹望著這虛張聲勢的小子，向前跨出一個大步，他馬上看到一支晶瑩閃亮的冰稜朝著自己射了過來，冰稜在陽光的照射下發出水晶般迷人鑽石般璀璨的光芒，然而這光芒卻是致命的，也是獵豹所看到的最後一道光，冰稜從獵豹破損面罩狹窄的縫隙中鑽了進去，射進了他的右眼，輕易就穿透了他的眼球，獵豹先是感到灼熱，然後感到自己的頭腦中似乎被開了一道清涼的通道，然後他就再也沒有了感覺。

獵豹重重跪了下去，跪得頗有些驚天動地的架勢。

羅獵看到面罩內的血，知道這凶悍的殺手已經徹底喪失了戰鬥力，羅獵一瘸一拐地走了過去，經過獵豹身邊時，獵豹的身軀緩緩趴伏在雪地之中，面罩中不斷流出的血很快染紅了雪地。

羅獵來到滿臉是淚的林格妮身邊，展開臂膀抱起了她，林格妮的雙手抱住了羅獵的脖子，羅獵因為疼痛而倒吸了一口冷氣：「疼……你輕點兒……」

林格妮的腿傷很嚴重，可是她堅持不讓羅獵請求救援，羅獵抱著她向下艱難行進，在山上發現了一座懸崖邊的木屋，從外面看著木屋應該無人居住，羅獵一腳踹開了房門，抱著林格妮走了進去。

羅獵將林格妮放在床上，幫助她脫下了褲子，卻見林格妮的右腿已經腫起老高，不由得倒吸了一口冷氣，他拿起電話道：「必須馬上請求急救，不然你的腿就保不住了。」

林格妮搖了搖頭道：「沒事。」她讓羅獵將隨身的行囊打開，從中打開急救包，裡面有一個鈦合金的盒子，在她的指揮下，羅獵將盒子打開，從裡面取出智慧骨骼復位器，如同一個鐵環一般將林格妮的大腿卡住。

林格妮道：「我有個麻煩，因為……因為我體質的問題，任何的麻醉劑都對我起不到作用……所以，麻煩你抱著我……」

羅獵點了點頭，他將林格妮抱在懷中，林格妮咬住一卷棉紗，避免因為治療中產生的劇痛而咬傷自己。在一切就緒之後，智慧醫療系統開始工作，缺少麻醉的前提下，林格妮承受著巨大的痛苦，她緊緊抓住羅獵的雙臂，鑽心的痛苦陣陣傳來，她的指甲深深掐入羅獵的手背肌膚內。

羅獵低聲安慰道：「沒事，沒事，很快就過去了。」

自動修復手術的時間並不長，只持續了十五分鐘，可對林格妮而言卻猶如過了半個世紀，她周身都是冷汗，整個人如同虛脫般癱倒在羅獵的懷中，羅獵將已經咬爛的紗布卷從她口中扯出，從重定器回饋的資料來看，一切已經恢復正常，只需要一定的時間，林格妮就能夠完全康復。

羅獵拉開窗簾向外望去，山頂的這場追殺應當很快就會引起警方的關注，不過周圍並沒有看到異常的狀況。

羅獵幫林格妮將衣服穿好，林格妮的疼痛稍稍緩解，無力道：「我們必須……儘快轉移……」

羅獵道：「撐得住嗎？」

林格妮點了點頭。

羅獵道：「那好，我背你走。」

將木屋內的痕跡清理了一下，然後羅獵背起了林格妮繼續前往下一個撤退點，他感到林格妮的身軀因為疼痛而不停戰慄著，可是她自始至終卻強忍疼痛一聲不吭。

羅獵道：「你對麻醉有抗藥性？」

林格妮道：「我天生如此……」

羅獵在雪中深一腳淺一腳地走著，他不時觀察著周圍和天空中的動靜，以波切尼的性情沒那麼容易就此放棄，按照他們的計畫，由林格妮將材料交給波切尼，波切尼在驗證的過程中，位置就已經被鎖定，根據他們預先得到的情報，波切尼購買這些資料目的是轉賣獲利，他的買家就是天蠍會。

羅獵在雪中跋涉了三個小時，終於抵達了他們下一個備用撤退點，此時已經天黑，羅獵在預先的埋伏點取出事先隱藏在雪中的工具，他們本來準備撤退後直接利用滑翔傘離開，可是獵豹的追擊讓他們不得不改變原有的計畫，採用了應急方案。

第六章

超人的恢復速度

羅獵聯想到她超過一般人的恢復速度，心中暗忖，
難道林格妮也是異能者？可從她所說的事情來推算，
在林格妮小的時候龍天心還沒有成立獵風科技，
也沒有基因治療的事情，
最大的可能就是明華陽也掌握了化神激素的秘密。

夜幕降臨，山上的溫度迅速下降，而林格妮的傷勢不輕，羅獵決定今晚暫時不冒險下山，他在避風處將帳篷支起，將林格妮抱進帳篷中，外面山風陣陣，卷起地上的積雪，周圍都是迷濛一片，黑暗降臨之後視野更是奇差。

兩人吃了些東西，羅獵看到林格妮不住顫抖，伸手摸了她的左手，觸手冰冷一片，林格妮看到羅獵的手背上仍然留著十多道深深的指痕，是自己在修復手術的過程中留下，她有些歉疚又有些心疼，歉疚是正常的反應，可心痛卻是為了什麼，林格妮抓住羅獵的手，雙眸湧出晶瑩的淚光。

羅獵道：「你是不是冷？」

林格妮點了點頭，羅獵向她靠近了一些，林格妮偎依在他的懷中，羅獵抱緊了她用身體給她溫暖，林格妮從未感到如此幸福，她只希望這一刻能夠永遠定格，希望這一夜永遠不要過去。

林格妮醒來時發現羅獵已不在帳篷內，她有些慌張，小聲道：「老公……」她已經習慣於這樣稱呼羅獵，就算是無人的時候也會自然而然地這樣叫。

外面傳來羅獵的聲音：「我在這兒。」

聽到羅獵的聲音林格妮頓時安下心來，她嘗試著挪動了一下傷腿，她的傷勢恢復得很快，不是因為治療儀的緣故，而是因為她的康復速度原本就比一般人快得多，像這麼重的骨傷，普通人可能需要兩三個月才能癒合，而她只需要三天。

羅獵拉開了帳篷，看到林格妮狀態不錯，他笑了起來：「傷怎麼樣了？」

林格妮道：「好多了，一點都不痛了……」她猶豫了一下還是決定坦白：「其實你不用為我擔心，我恢復的速度很快，最多明天，我的傷勢就能夠完全康復了。」

羅獵道：「這麼快？」

林格妮道：「是因為……因為我的身體和普通人不太一樣，我受傷的痊癒速度很快，普通的皮外傷當天就會痊癒，這次稍稍重了一些。」

羅獵心中一怔，那就是說林格妮擁有一定的自癒能力，難道她也注射了化神激素？只是這一點並未聽陸劍揚提過。

林格妮道：「你該不會把我看成一個怪物吧？」

羅獵打趣道：「哪有那麼漂亮的怪物？」

林格妮道：「狐狸精啊！」

兩人對望了一眼，同時笑了起來。

羅獵道：「咱們有兩個選擇，一是沿著原路回到既定的撤退點，繼續開始的方案，還有一個方案就是沿著那邊的一條路下山，兩個方案的時間都差不多。」

林格妮道：「我看還是下山吧，畢竟昨天在山上發生了一場戰鬥，那些屍體應當會引起警方的注意。」

羅獵道：「我剛才流覽了一下最新的新聞，並沒有關於屍體的報導。」

林格妮心中暗忖，如果新聞沒有報導這件事應該有兩個可能，一是屍體被人處理掉了，二是警方掩蓋了消息，不過從目前來看，前者的可能性更大，畢竟他們一路走來都沒有遇到任何的追蹤。

羅獵和林格妮有著相同的看法，他們在統一意見之後馬上收拾下山，在崎嶇難行的山路上行進了五個小時終於到了大路，也到了雪線以下，溫度提升了許多，羅獵幫著林格妮脫去外面的羽絨服，不遠處看到纜車來往，羅獵指了指左下方的纜車站道：「咱們可以從那裡登上纜車。」

林格妮坐在石頭上，沐浴在陽光下，臉上露出會心的笑容，她整理了一下秀髮，這才想起羅獵並未把錢箱帶出來，詫異道：「錢呢？」

羅獵道：「都埋在山上了，我擔心會被跟蹤。」

林格妮道：「一百萬呢。」

羅獵笑道：「我過去都沒發現你居然是個財迷。」

林格妮道：「你取笑我。」

羅獵道：「實話實說。」

林格妮撿起一顆石子作勢要丟他，嬌憨明媚的模樣看得羅獵也是一呆，羅獵將目光投向遠方，林格妮的手停頓在那裡，她看出羅獵在逃避自己。

伸手摘了一朵野花，小聲道：「我都忘了謝謝你。」

羅獵道：「應該是我謝謝你才對，如果不是你在關鍵時刻出手，我已經死了。」他來到林格妮身前重新將她背了起來，沿著道路向下走去，林格妮發現他並沒有走向纜車站的方向：「為什麼不上纜車？」

羅獵道：「不走尋常路。」

其實林格妮也不想上纜車，她寧願羅獵就這樣背著自己。趴在羅獵的背上，感覺就像是乘坐在一艘晃晃悠悠的小船上，可是林格妮卻沒有任何的擔心，她認為這艘小船是世上最安全最堅固的船，可以承受任何的風浪。

越往下行氣溫越高，林格妮掏出紙巾為羅獵擦去額頭的汗水。羅獵道：「別動，小心我把你丟到山崖下去。」

林格妮笑道：「我才不怕。」她柔聲道：「歇歇吧！」

羅獵道：「一鼓作氣，再而衰三而竭，這次要一口氣走到山下。」

林格妮道：「我們還是低估了波切尼的實力，裝備還是不夠先進。」

羅獵道：「再先進的裝備也比不過頭腦，人過於依靠裝備，容易形成依賴性，依賴性一旦形成就會引發惰性，有了惰性，人就廢了。」

林格妮笑道：「聽起來還真是有些道理呢。」

羅獵道：「明華陽這個人到底在從事什麼？」

聽到這個名字林格妮臉上的笑容頓時收斂，她吸了口氣道：「明華陽是天蠍會的首領，天蠍會是這個世界上最大的恐怖組織之一，他們從事各種恐怖活動，明華陽不單是一個恐怖分子，他還是一個偏執的科學家，他研製各種病毒和生化武器，還集結了一批科學家為他服務，世界各國都在通緝此人，有幾次差點就抓住他，可最後還是被他逃脫。」

羅獵道：「如此說來這個人豈不是很厲害。」

林格妮道：「龍天心的基因治療我們其實早就向上方做出了彙報，並提出警告，可惜並沒有獲得有關部門的足夠重視，我們雖然對她進行了監控，可是龍天心過於狡猾，而且獵風科技實力雄厚，我們在得不到上方全力支持的情況下無法完成對她的全面監控。」

羅獵道：「龍天心和他也有關係？」

林格妮道：「我說這些主要是擔心龍天心的研究成果被明華陽得到，從我們目前瞭解到的狀況，龍天心只是利用她的發明賺錢，而明華陽卻是要用這種發明來改變這個世界，所以我們必須要阻止他。」

羅獵道：「匹夫無罪懷璧其罪，如此說來，龍天心的處境也非常危險。」

林格妮道：「她很厲害，彷彿人間蒸發一般失去了下落。」就連林格妮也不知道羅獵和龍天心的關係，在這一點上陸劍揚保密工作做得很好。

羅獵道：「你見過明華陽？」

林格妮沒有否認，點了點頭道：「見過，他殺了我的父母，還給我注射了某種病毒，如果不是陸叔叔，我早就死了。」

羅獵聯想到她超過一般人的恢復速度，心中暗忖，難道林格妮也是異能者？可從她所說的事情來推算，在林格妮小的時候龍天心還沒有成立獵風科技，也沒有基因治療的事情，最大的可能就是明華陽也掌握了化神激素的秘密。如果明華陽就是當年那個前往滿洲躲避兵役的法國石匠的後人，一切也就順理成章了。

當年有許多人都因為接近九幽秘境而受到了不同程度的影響，而化神激素是日本人從麻博軒的身上提取出來的。記得在連雲寨，顏天心的族人將遭到感染的這些人稱為黑煞附身，或許明華陽的先祖同樣受到了黑煞的影響。

林格妮見羅獵許久沒有回應，小聲道：「你在想什麼？」

羅獵道：「沒什麼，你剛才說明華陽給你注射了某種病毒，現在已經徹底治癒了嗎？」

林格妮愣了一下，然後回答道：「好了，不然我又怎能跟你搭檔。」

迎面走來幾名徒步者，他們熱情地打著招呼，羅獵報以微笑，也禮貌地回應了他們。

他們一路走走停停，兩人談得非常融洽，不知不覺親近了許多，患難見真情，這種生死與共的錘煉很容易讓人靠近。當晚他們入住在翁根小鎮，距離鎮中心還有很遠，林格妮臨時用網路訂了房間。

根據回饋回來的消息，波切尼將系統上傳後，接受系統的地點在奧地利的薩爾茨堡。

用來交易的這套系統是他們精心製作的誘餌，在林格妮完成交易之後，陸劍揚就已經得到了消息，馬上著手對資料進行了更改和升級，出於放長線釣大魚的想法，他們還會讓舊系統繼續運營，不過更像是作業系統上的虛擬機器，根本無法觸及中心許可權。

林格妮將現在的狀況告訴了羅獵，波切尼目前是不可能識破系統被動了手腳的，不過她應該會儘快將得來的東西出手。

兩人商定明天一早前往薩爾茨堡。

蘇黎世班霍夫大街的一間法國餐廳內，波切尼優雅地喝著紅酒品嘗著牛排，桑尼出現在餐廳內，卻沒有馬上去她的身邊，波切尼卻從酒杯的倒影中察覺到了他的存在，她將手中的刀叉放下。

桑尼這才小心走了過來，恭敬道：「發生了一些事情。」

波切尼道：「說吧！」她的心情不錯，吃完晚飯，她要連夜前往薩爾茨堡，親自進行一場交易，對方的預付款已經匯到了她的賬上，不過對方要求交易時她要親自在場。

桑尼道：「獵豹到現在都沒有消息。」

波切尼道：「沒有消息？」她對獵豹充滿了信心，獵豹是她手下最強大的戰士和殺手，她還特地花重金給獵豹定制了裝備，她不相信獵豹會失手，在此之前，獵豹也從沒有失手的先例。

桑尼道：「派去的幾個人全都不見了。」

波切尼皺了皺眉頭道：「沒理由全部失蹤。」

桑尼道：「要不要再派人去查查這件事。」

波切尼道：「不用了，我相信他應該沒事，我今晚要去薩爾茨堡。」

此時餐廳經理走了過來，他向波切尼報以禮貌的一笑，恭敬道：「尊敬的波切尼夫人，您定制的禮物到了。」

波切尼笑了笑道：「我特地讓人給我的女兒選了份禮物，桑尼，回頭你和我一起送過去。」她的女兒在蘇黎世大學讀書，今晚就在附近和朋友一起慶祝，波切尼之所以前來，也是專程給女兒送上祝福。

桑尼笑道：「您可真是一位好媽媽。」

波切尼結了賬，起身來到大堂外，她定制的禮品就在大堂內，包裝得非常精美，桑尼走過去，端起了禮品盒，卻感覺有些不對，他向波切尼道：「夫人，您定了什麼禮物？」

「怎麼了？」

桑尼道：「好像……好像有血腥的味道……」

波切尼吸了吸鼻子，並沒聞到什麼異常，不過還是下意識地向後退了一步。

桑尼道：「我來處理這件事！」他拿出電話準備報警。

波切尼道：「別急著報警，先看看。」她不喜歡員警，感到桑尼有些過於敏感了。

桑尼點了點頭，他小心拆開了禮品的外包裝，慢慢打開了禮品盒，周圍幾人同時向禮品盒內望去，當波切尼看清禮品盒內的東西時，她抬起右手捂住了嘴。

獵豹的腦袋就放在禮品盒內，他死相很慘，致命傷是右眼的傷口。

桑尼第一時間將禮品盒的蓋子蓋上，掏出電話開始報警。

波切尼感到呼吸有些困難了，剛剛吃過的美食有些向上泛的欲望，獵豹的死相實在是太難看了，難怪桑尼會說他聞到了血腥的味道。波切尼根本就沒有想到這對小夫妻擁有如此強大的實力，自己其實早就該引起足夠的重視的。

桑尼起身將一張卡片遞給了波切尼，波切尼看了看上面有一行英文——你逃不掉！

波切尼感到背脊一股冷氣沿著她的脊椎躥升了上來，她開始感到害怕，腦海中首先浮現的就是羅獵夫婦的樣子，外面響起警笛聲，員警在接到報警後馬上趕到了這裡。

波切尼知道自己的行程不得不延後了，她迅速鎮定了下來，先給女兒打了個電話送上生日祝福，然後整理了下情緒，前往警局配合警方的調查。

林格妮的腿傷已經好了，她以為自己的恢復速度會嚇到羅獵，卻不知羅獵見過比她更驚人的自癒速度。兩人第二天一早下山，驅車前往奧地利薩爾茨堡，途中林格妮收到了情報，波切尼遇到了麻煩，現在還沒有離開蘇黎世。

林格妮向羅獵道：「你知道嗎？波切尼昨晚在蘇黎世遇到了麻煩，有人將獵豹的頭放在禮品盒裡給她送了過去。」

羅獵道：「什麼人幹的？」

林格妮道：「她並沒有向警方提供太多的細節，不過我相信一定是桑尼和那些修女。」

羅獵道：「波切尼肯定會把這筆帳也算在咱們的頭上。」

林格妮笑了起來：「那又有什麼辦法，畢竟這事就是咱們做的。」

羅獵道：「我們可沒把獵豹的腦袋給割下來。」他想起了母親，桑尼和母親他們明顯屬於同一個組織，雖然不知道他們的來路，可是有一點羅獵能夠斷定，他們和波切尼應該是對立面。

林格妮道：「我現在反倒有些擔心，桑尼他們會不會提前出手對付波切尼，如果是這樣，我們的線索恐怕會中斷。」

羅獵道：「應該不會，搞不好他們和我們的目的是相同的。」

林格妮道：「本來我還擔心趕不上薩爾茨堡的交易，現在看來波切尼還要落在我們的後面。」

羅獵看了她一眼，目光落在林格妮短裙下雪白修長的美腿之上，林格妮意識到了這一點，有些不安地扯了扯裙角，小聲道：「有什麼好看的。」

羅獵笑道：「別誤會，我只是想問問，你的腿……」

林格妮道：「可以正常走路了，等到了薩爾茨堡，我就可以取下康復裝置，完全恢復正常了。」她開了瓶水放在羅獵的左手邊，笑道：「我的恢復速度是不是嚇著你了？」

羅獵點了點頭道：「有點兒。」

林格妮道：「老……羅獵……」她本想叫老公來著，可只喊了一個字又改變了主意，變成了羅獵，羅獵笑了起來：「我有那麼老嗎？沒關係，你怎麼叫都成，反正咱們還得演下去不是嗎？」

林格妮道：「老公！」

羅獵看了她一眼，林格妮勇敢地看著他，雙眸之中慢慢都是情意。

羅獵乾咳了一聲道：「奧地利風景也不錯。」

林格妮道：「最美的風光都在湖區，不過我更喜歡瑞士。」

羅獵道：「還是中華風光最美。」

林格妮道：「問個私人問題，你結婚了沒有？」

羅獵道：「結了。」

林格妮臉上的笑容消失了，陷入長時間的沉默中，過了好久她方才問道：

「她是不是很美？」

羅獵點了點頭。

林格妮道：「祝福你們。」她有些後悔，自己為什麼要提出這樣愚蠢的問題，本來自己還可以自我欺騙地幸福下去，而現在自己卻將自我編織的美夢無情地戳破。

羅獵道：「格妮啊，你有沒有男朋友？」

林格妮搖了搖頭：「我這樣的人，又有誰會喜歡我？」

羅獵道：「難道你沒意識到自己很出色？走在大街上的時候，不知有多少男人色瞇瞇地望著你。」

「切！」林格妮啐過，卻忍不住笑了，其實自己又何必糾結呢，自己在這個世界上只不過還有不到一年的性命。無論羅獵有沒有結婚，有沒有家庭，和自己又有什麼關係？在自己生命中最後的一年，有他能夠陪在自己的身邊，已經是上天的恩賜，她又何必奢求太多呢。

薩爾茨堡位於阿爾卑斯山的北麓，因為擁有要塞山上的薩爾茨堡要塞而舉世聞名，這座城市還是莫札特的故鄉，擁有著濃厚的人文氣息，羅獵和林格妮住在米拉貝爾宮附近。

在酒店的陽台上，望著不遠處的白色建築，林格妮道：「你知不知道這座宮殿的由來？」

羅獵坐在桌前寫著什麼，他搖了搖頭。

林格妮道：「這裡曾經是大主教Wolf Dietrich為他的情婦建造的。」

羅獵心不在焉道：「一個主教居然做出這種事情。」

林格妮道：「難道你不覺得一個主教在那樣封建的年代可以為愛做出這樣的事情，不是充滿了極大的勇氣嗎？」

羅獵搖了搖頭，女人看待問題和男人總是不同，焉知這位大主教不是為了肉欲呢？不過這位主教做得如此堂而皇之倒是需要有些勇氣的，可見他在任之時權傾一方，性情也必然是極其囂張的。

林格妮道：「你出來執行任務，難道不想家裡人？」她不知不覺又把問題回到了羅獵的身上。

羅獵抬起頭看了看林格妮，這小妮子該不是動了要給自己當情婦的心思了吧，他搖了搖頭道：「你不提，我幾乎想不起來。」

林格妮道：「你們感情不好？」

羅獵道：「好得很！」

林格妮看出羅獵對自己的問話心不在焉，她來到羅獵身邊，看到羅獵正寫著一些奇怪的符號，她湊近看了看道：「這是什麼？」

羅獵道：「古文字。」

林格妮道：「古文字？我怎麼一個字都不認識？」

羅獵道：「沒文化唄。」

林格妮笑了起來：「討厭！」她就在羅獵的對面坐了下來，靜靜望著羅獵寫字，也不打擾，只是靜靜的看著他就感到非常滿足。

羅獵起身去將他從浦江水洞中找到的石匣拿了出來，因為這石匣內也刻著四個符號，羅獵無法斷定是不是夏文，在夏文方面羅獵造詣頗深，可是他搜腸刮肚仍然沒有找到關於這四個字的任何資訊。

林格妮看到羅獵捧著盒子看得辛苦，於是拿了一張紙，找了一杆鉛筆，將紙裁剪後放入石匣，用鉛筆將那四個字拓了下來。

羅獵暗暗感歎，自己怎麼連那麼簡單的事情都沒有想到。

林格妮將拓好的字遞給了羅獵，羅獵拿在手中仔細看了看，確定這四個字自己根本就不認識。

「寫的什麼？」林格妮滿臉期待。

羅獵道：「我不認識。」

「沒文化！」林格妮明顯在報復。

兩人同時笑了起來，林格妮提議出去轉轉。羅獵跟她一起去了米拉貝爾花園，兩人在花園漫步時，看到那晚在施皮茨小鎮遇到的白衣修女就站在噴泉前。

林格妮心生警惕，雖然這修女和他們一樣都將波切尼視為敵人，但是這並不代表她不會加害他們，羅獵道：「你在這裡等我。」

林格妮抓住羅獵的手臂道：「別去，說不定會有圈套。」

羅獵淡然笑道：「光天化日之下，她應該沒這個膽子。」羅獵舉步向白衣修女走去，陽光下白衣修女的容貌更是清晰，再次見到年輕的母親，羅獵的內心已經沒有了那天晚上的激動。

來到白衣修女的對面，羅獵微笑道：「這麼巧？」

白衣修女道：「不是很巧，因為我剛剛得知了你們的消息。」

羅獵道：「哦，那就是一直在跟蹤我們。」

白衣修女道：「你們來薩爾茨堡又是為了什麼？」

羅獵道：「我也有同樣的問題。」

白衣修女道：「我們在這件事上花費了大量的精力，我希望你們不要插手。」

羅獵道：「我不知道您指的是什麼？」

白衣修女道：「天蠍會！」

羅獵其實早就懷疑母親所在的組織最終的目的也是天蠍會，現在由她親口說出來終於得到了證實。羅獵道：「我倒是希望您不要插手，這件事遠比你想像的複雜。」

白衣修女冷冷道：「這算是我對你的最後一次奉告，如果你們繼續執迷不悟，很快就會付出代價。」

羅獵點了點頭道：「我很期待！」

白衣修女忽然揚起手來，在羅獵還未來得及反應的時候就給了他一記響亮的耳光，其實以羅獵的反應他完全有能力避開這一巴掌，可他面對的是自己的母親啊。

白衣修女憤怒地用德語說了句話，然後轉身離去，周圍遊客都對羅獵報以鄙視的目光。

羅獵真是哭笑不得，母親居然用這種方式來報復自己，不過他並沒有感到尷尬，更沒有任何被侮辱的感覺，反而感覺心中甜絲絲的，他從未想到在自己有生之年還能和母親相遇。

林格妮來到羅獵的身邊挽住他的手臂，催促他快走，羅獵雖然沒有感覺到什麼，可林格妮卻覺得難堪極了。

白衣修女站在米拉貝爾宮三層的房間內，透過玻璃眺望著遠去的羅獵和林格妮，她的身邊站著一位身穿黑色修道袍的修道士，修道士低聲道：「要不要我派人……」

白衣修女搖了搖頭：「不要！」不知為何她總覺得羅獵有些熟悉，這種感覺很奇怪，她無法形容這種感覺，剛才打羅獵那記耳光的時候，她竟然感到一些內疚，這內疚感一直持續到了現在。

修道士道：「可是，我擔心他們會影響到我們的計畫。」

白衣修女道：「他們的目標和我們一致，不過他們應該沒有掌握太多的資訊，發生在少女峰的事情其實對我們還有所幫助，本來波切尼已經產生了懷疑，可現在她將所有的疑點和注意力都放在了他們的身上。」

修道士道：「波切尼已經離開了蘇黎世，正在前來這裡的途中，我看今晚他們就應該會交易。」

白衣修女道：「我們的目的是找到解藥，其他的都不重要。」

修道士點了點頭：「我會組織最強的力量。」

林格妮買了一盒莫札特巧克力，剝了一顆遞給羅獵，她仍然覺得有些尷尬，不是為自己，是為羅獵，畢竟那白衣修女當眾羞辱了羅獵，可看羅獵的心情並沒有受到影響。

羅獵指了指一旁的鐵皮招牌道：「莫札特故居，想不想去看看？」

林格妮搖了搖頭道：「我對故居之類興趣不是太大，在小街上走走就挺好。」

羅獵道：「我請你吃飯。」

已經到了午飯的時間，大街小巷餐廳很多，兩人進了一家墨西哥餐廳，相對來說墨西哥餐廳的口味還是最符合華人口味的，羊肉、卷餅、辣椒，這些食材的搭配讓羅獵有種吃到魯菜的錯覺。

羅獵喝了杯啤酒，不遠處教堂響起了鐘聲，林格妮收到了最新的訊息，她向羅獵道：「系統再度啟動，位置就在薩爾茨堡老城廣場。」

羅獵點了點頭，他示意服務生再給自己加一杯生啤，他們的最終目的是找到明華陽，在波切尼正式交易之前，其他的事情都不重要。

林格妮道：「波切尼已經離開了蘇黎世，我猜他們的交易就在今晚。」

羅獵道：「能夠找到交易的具體位置嗎？」

林格妮道：「沒問題，他們必然會現場驗收，到時候我們可以第一時間出現在現場。」

羅獵端起酒杯道：「預祝我們馬到功成！」

波切尼的心情不好，在蘇黎世遭遇了整整一晚的調查，比起調查，獵豹的死更讓她感到沮喪，她已經初步斷定羅獵夫婦的目標可能是自己，每個人都在以自我為中心，波切尼也認為自己很重要。

如果不是事先答應過天蠍會，她幾乎要放棄這次的薩爾茨堡之行，波切尼總覺得危險仍未過去，所以她做足了安防措施，隨行一共帶來了八名手下，當然這八人加在一起還是比不上獵豹一個人的能力。

連如此強大的獵豹都被割了腦袋，一旦發生了事情這些人又能保證自己的安全嗎？波切尼無法確定，她只希望進行交易之後，馬上離開。

老城的黑波爾酒吧內歡呼陣陣，那裡正上演著一場小型的音樂會，在這個莫札特的故鄉，幾乎所有人都對音樂有著近乎瘋狂的癡迷，無論是路邊的流浪樂手，還是酒吧的駐唱歌手都擁有著一流的水準。

波切尼在幾名隨從的陪同下來到了音樂會現場，她不喜歡嘈雜，可天蠍會負責接頭的一方將他們交易的地點定在了這裡。

波切尼在約定的位置坐下，她剛剛坐下，就看到一名身穿黑色T恤卡其色長褲的男子走了過來，波切尼湊在燭台上點燃了一支香煙，打量著那名男子。

男子在波切尼的對面坐下，手臂上紅色的蠍子紋身格外顯眼。打量著波切尼，這樣直視一位女士是非常無禮的，波切尼身後的保鏢準備向前，波切尼抬起手示意他們不要過來。

男子道：「可以請我喝杯酒嗎？」

波切尼道：「當然可以，不知你喜歡什麼口味？」

「給我一杯不加冰的白蘭地，對了，我還要一杯啤酒！」

波切尼道：「東西帶來了？」

男子道：「我要先看貨。」

波切尼點了點頭，從手腕上取下手鐲遞給了那男子。

現場歡聲雷動，卻是舞台上一曲唱罷，眾人齊聲喝彩。

人群中羅獵和林格妮相擁在一起，他們剛才隨著人群舞動，利用周圍的人群來監視波切尼這邊的動向。

男子看了看手鐲，掏出手機：「密碼！」

第七章

聖心禁地

羅獵震駭中，明白自己因何有強大的意志力，
可以掌控催眠，進入別人腦域，真正原因是遺傳自母親。
羅獵能夠斷定母親正在從殺手那裡審問資料，
羅獵從她嘴唇啟閉形狀猜到她的問題和聖心禁地有關。

波切尼道：「我要的東西呢？」

男子將一個棍棒狀的不銹鋼容器遞給了波切尼。

林格妮小聲道：「什麼？不是錢？」

羅獵道：「不知道，應該是很貴重的東西。」

波切尼道：「如何打開？」

「密碼！」

波切尼很堅持：「你必須先告訴我它的使用方法。」

男子笑了起來，他低聲說了幾句，他的白蘭地和啤酒都送了過來，波切尼也給出了密碼，男子端起白蘭地一口喝完，然後他利用波切尼給出的密碼進入了系統，很快他點了點頭道：「合作愉快！」他向波切尼伸出手去。

波切尼卻沒有跟他握手，站起身準備離去。

那男子道：「有個問題！」

波切尼轉過身來，望著那男子道：「什麼問題？」

男子的手中忽然多出了一把手槍，瞄準波切尼的頭部就是一槍，因為他使用的是無聲手槍，而且現場極其嘈雜，並沒有多少人在第一時間注意到這邊發生的槍殺案。

波切尼的幾名保鏢，慌忙拔槍準備還擊，而那名男子開槍的速度遠遠超過了他們，他接連幾槍將幾人幹掉，他的肩頭也中了一槍，不過並沒有喪失戰鬥力。這邊的槍戰馬上引起了周圍人們的注意，歌手因槍聲嚇得中斷了演唱，現場尖叫聲不斷，驚慌失措的人們有的蹲在地上，有的向出口逃去。

槍殺波切尼的那名男子來到波切尼的屍體旁，他彎腰想要撿起地上的不銹鋼容器，手指已經觸及到了容器，那容器卻被一槍射中，頓時彈射了出去，男子轉身望去，只見一位端著衝鋒槍的修道士出現在他的對面，修道士扣動扳機，宛如煙花般絢爛的槍火向殺手傾瀉而去。

殺手在地上翻滾，靠近那支不銹鋼容器，想要抓起它。可這次他仍然沒有成功，因為有人先他一步抓住了那容器，另外一位修道士從後門出現了，兩位修道士相互配合，交叉的火力網將那名殺手壓制得抬不起頭來。

殺手連續幾個翻滾，終於成功抓住了不銹鋼容器，他打開了容器，從裡面抽出一個針管，用嘴咬掉套筒，抬手扎入自己的頸部，針管內的液體注入了他的靜脈，隨著針劑的注入他發出一聲野獸般的嚎叫，他的身體在地面上扭曲掙扎。

羅獵和林格妮兩人蹲在人群中，他們並沒有第一時間加入這場亂局，目前的狀況下，坐山觀虎鬥才是最明智的選擇。

那殺手身體被衝鋒槍接連擊中，他躺在地上一動不動，兩名修道士停下了射擊，緩步向殺手靠近。那殺手身上佈滿了血跡，躺在地上已經不能動彈，兩位修道士舉槍瞄準了那殺手的頭顱，就在此時，殺手的身體倏然挺立起來，速度之快遠超他人的想像，緊握的雙拳重擊在兩名修道士的身上。

兩名修道士被他強有力的一拳足足打飛了十多米，跌落下去撞擊在院落中的桌面上，將白色塑膠桌壓得粉碎。

殺手晃動了一下頭顱，他的頸椎發出一陣清脆的骨節響聲，看到兩名修道士還要起身，他向前跨出一步然後騰躍而起，其驚人的彈跳力讓他升騰到空中十多米的高度，而後俯衝直落，膝蓋重重砸落在一名修道士的胸膛。

那名修道士原來就被摔得半死，又怎能承受如此重擊，他胸膛的骨骼盡數被殺手撞斷，斷裂的肋骨刺入了他的心臟。

另外那名修道士掙扎著去抓不慎失落的衝鋒槍，可是他也未能如願，殺手從後方抓住了他的衣領，用力一扯，將修道士的身體扔了出去，修道士高大的身軀宛如斷了線的風箏，一直飛了出去，撞擊在舞台上方的燈架之上，燈架被他撞擊之後電光四射，燈架從空中墜落，砸在舞台上，也將修道士壓在了下方，一時間舞台上叮叮咚咚響聲不絕於耳。

殺手不屑地掃了惶恐的人群一眼，他並沒有出手對付現場的觀眾，轉身快步逃出了門外。

羅獵和林格妮兩人率先跟了出去，他們看得清清楚楚，殺手身中數槍，換成普通人早就死了，可是他利用不銹鋼容器內的針劑注射給了自身，然後他的身體迅速出現了異化，非但擁有了超強的自愈能力，還擁有了強大的戰鬥力。

殺手衝出門外馬上又傳來了槍聲，羅獵和林格妮來到門外的時候，看到有一人躺倒在了地上，那殺手已經到了前方，此時一輛摩托車迎面向殺手衝去，駕車的是一名身穿黑衣的年輕修道士，他單手操縱摩托車，另外一隻手舉槍瞄準了殺手，槍口噴射出憤怒的火焰，殺手的身體迂迴行進，在兩旁房屋的牆壁之上縱橫跳躍，身體宛如靈猿。

雖然有多顆子彈擊中了他，可是仍然沒有對他造成致命的傷害。他的左腳在牆體上一蹬，身軀飛撲了過去一把抓住了修道士的咽喉，竟然將他的喉結從裡面摳了出來，修道士捂住喉頭，鮮血狂噴，摩托車帶著他的身體歪歪斜斜地向前駛去，很快就失去控制歪倒在了地上，慣性讓摩托車平躺在路面上繼續前進，拖出一條帶著火星的軌跡。

羅獵和林格妮趕到的時候，修道士已經死去，羅獵扶起尚未熄火的摩托車，林格妮來到他身後坐下，低聲道：「怎麼辦？」

羅獵道：「追！」他加大油門，摩托車宛如一頭出閘的猛虎怒吼著向殺手消失的方向追去。

殺手已經逃到了古城廣場，廣場上負責拉車的馬兒也變得極其不安，一個個豎起了耳朵，殺手從馬車旁經過的時候，一張大網從天而降，將他罩在其中，兩名修道士在屋簷上將收網，在他們收網的時候，大網之上遊走著藍色的電光。正常狀況下別說是一個人被網住，就算是一頭大象也一樣能讓牠喪失反抗能力。

殺手卻仍然在掙扎，他抓住電網，雙臂用力試圖將之扯開，黑暗中又衝出了兩名修道士，他們手中握著如同長矛一樣的電擊槍，向殺手的身上刺去。

殺手遭到電擊後身體劇烈顫抖著，他爆發出一聲古怪的嚎叫，雙臂猛然用力，竟然將那張堅韌的電網撕開，他的衣服被燒爛了多處，身體上遊走著電光，四名修道士看到他破網而出，兩名拿著電擊槍的修士再度將蓄滿能量的電擊槍戳到他的身上。

另外兩名修道士也抽出十字劍從屋簷上跳下，兩柄十字劍向殺手刺去。

殺手抬起雙手分別抓住一柄十字劍，身體前衝，宛如肉身坦克般撞擊在一名修道士的身上，那修道士被他強大的衝擊力撞得周身骨骼碎裂。

殺手雙臂一揮，將兩名握劍的修道士遠遠甩了出去，然後又一把掐住最後那名修士的咽喉。

蓬！一道綠色的光束射中了殺手，殺手中槍之後，身體飛出，一直落入了古城廣場中心的噴泉內。

白衣修女握著一把奇形怪狀的武器，剛才就是這把槍擊中了殺手。

殺手仍然頑強地從噴泉池內爬了出來，他沒有繼續戀戰，離開噴泉池之後，就朝著薩爾茨堡要塞的方向逃去。

白衣修女的第二槍沒有射中殺手，她來到馬車旁解下一匹黑色駿馬，翻身上馬，用槍敲擊了一下馬兒，駿馬發出一聲長嘶撒開四蹄向殺手追去。

白衣修女的耳邊響起摩托車的轟鳴聲，她轉身望去，卻見羅獵和林格妮兩人駕駛著摩托車從後方追趕而來。

殺手很快就來到要塞前方，他貼著要塞的城牆向上攀爬，不一會兒功夫就已經來到了高高的城牆頂部，這座要塞被稱為永不淪陷的要塞，足見城牆高且堅固，可那殺手身如靈猿，高高的城牆在他眼中如同平地。

白衣修女和羅獵並駕齊驅來到薩爾茨堡要塞的大門前，大門緊閉，白衣修女舉槍向城門射去，蓬！城門被射出了一個大洞，木屑亂飛，白衣修女縱馬從大洞中衝入其中。

羅獵心中暗歎，想不到在自己心目中一直溫柔賢淑的母親，年輕時候居然那麼猛，他加大油門緊隨白衣修女的腳步。

兩名警衛試圖阻攔白衣修女，可看到高速奔行而來的駿馬，兩人又不得不向兩旁閃避，白衣修女從兩人之間的空隙中衝了過去，不等警衛回過神來，羅獵駕駛著摩托車也衝了進去。

殺手貼著城牆的邊緣快步疾行，看到追兵仍然步步緊逼，殺手突然決定不再繼續逃走，他從高處一躍而下，一腳踢向白衣修女。

白衣修女左手拉住馬韁，右手舉槍瞄準了那殺手就是一槍，綠色的光芒籠罩了殺手，將殺手還在半空中的身體打得倒飛了出去，撞在城牆上又貼著牆壁滑落下去。

白衣修女翻身下馬，她不敢大意，連續開了兩槍，不過她手中的武器仍然存在蓄能的過程，在武器蓄能的空隙，殺手原地站了起來，一拳向白衣修女攻去，白衣修女身體一側躲過了對方的攻擊，然後一腳踢在他的胸口，這一腳如同踢在了堅硬的岩石上。

殺手趁機抓住她的足踝，將她整個人輕鬆輪了起來。

林格妮舉槍瞄準了殺手，紅色鐳射光束接連射中了他的身體，殺手將白衣修女丟到了一邊，正是羅獵他們的及時出現方才轉移了他的注意力。

羅獵大吼一聲：「跳！」林格妮率先從摩托車上跳了下去，手中鐳射槍仍然瞄準殺手不停發射。

摩托車在羅獵的操縱下繼續向前狂奔，羅獵從摩托車跳下，失去操控的摩托車在慣性地驅使下撞在殺手的身上，殺手被撞倒在地。

白衣修女衝了上去，手中十字短劍的尖端刺入了殺手的胸膛，殺手的身體不斷抽搐著，十字短劍刺入的地方泛起藍光，傷口迅速擴大，羅獵看得真切，這傷口分明是地玄晶武器造成的，難道母親手中的短劍含有地玄晶的成分？

白衣修女的左手印在殺手的額頭，雙目盯住他的眼睛，低聲說了句什麼，殺手用力搖頭，似乎在和她對抗。

林格妮想要走近，羅獵卻伸手攬住了她，羅獵的內心處於深深的震駭中，他忽然明白自己因何擁有強大的意志力，可以輕易掌控催眠，甚至可以進入別人的腦域，真正的原因是遺傳自母親。

羅獵能夠斷定母親正在從殺手那裡審問資料，羅獵從她嘴唇啟閉的形狀猜到她的問題和聖心禁地有關。

以十字短劍插入的傷口為中心，幽蘭色的光芒迅速擴展著，那殺手已經徹底失去了反抗能力。

白衣修女拔出了十字劍，她向羅獵看了一眼，然後朝著古堡要塞的最高處逃去，從大門的方向有十多名警衛向這邊跑來，整個要塞的警報同時響起。

羅獵快步來到殺手的面前，他盯住殺手的雙目，殺手仍然沒有氣絕，在瀕死之時腦域已經沒有了任何的屏障，羅獵並沒有花費太大的功夫就讀到了他腦海中的影像。

摩托車的轟鳴聲讓羅獵回到現實中來，卻是林格妮扶起了摩托車，催促道：「快走！」

羅獵這才意識到警衛就快來到近前，他慌忙來到林格妮的身後坐下，摟住她的纖腰，林格妮加速向前方衝去，摩托車衝上樓梯，從另外一條道路沿著傾斜的樓梯又衝了下去。

白衣修女來到了要塞的最高點，她朝下方看了一眼，只見那輛摩托車正在一群警衛的包圍下嘗試突圍，她的唇角露出一絲笑容，然後登上要塞的垛牆，騰空一躍，張開雙臂，宛如一隻白色的鳥兒翱翔在夜空之中。

古堡要塞的警衛雖然不少，但是仍然無法阻擋羅獵和林格妮的腳步，兩人雖然遇到了一些波折，可仍然順利逃離了古堡。

將摩托車扔入河中，羅獵和林格妮將外套反穿，沿著河岸向大橋走去，前方又有一隊警衛向這邊趕來，林格妮勾住羅獵的脖子，撲入他的懷中，親吻在羅獵的嘴唇上。

那群警衛顯然沒有對正在熱吻的這對情侶提起太大的注意，畢竟這兩人穿著鮮豔的外衣，和剛才潛入古堡的黑衣人不同。

羅獵已經許久沒有感受到這溫柔的滋味，內心一震，林格妮的俏臉熱得像火，她有些擔心自己的舉動會不會讓羅獵覺得自己趁火打劫，警衛遠走之後，林格妮迅速放開了羅獵，低著頭，不敢看羅獵的眼睛，小聲道：「你不要誤會，我……我……」

羅獵道：「想什麼呢，趕緊離開這裡。」他主動牽住了林格妮的手，林格妮感受到他掌心的溫暖，一顆心如沐春風，兩人快步走過大橋，他們的車就停在對面，羅獵啟動汽車，手動操縱汽車離開城區之後，他讓林格妮幫忙設定導航，目的地是哈爾施塔特。

林格妮本以為殺手死亡之後線索中斷，她有些不解道：「去那裡做什麼？」哈爾施塔特在她的印象中就是被稱為世界最美小鎮的地方，對瑞士風光都沒有太大興趣的羅獵該不會心血來潮，要去那裡遊覽小鎮吧。

羅獵道：「我從殺手那裡得到了一些線索，哈爾施塔特是不是有座鹽礦？」

林格妮點了點頭，哈爾施塔特就是因鹽礦而得名。

羅獵道：「那裡應該會找到天蠍會的線索。」

林格妮心中充滿了好奇，畢竟她並沒有看到羅獵和殺手對話，難道羅獵不用說話就能窺探到殺手的內心世界？

汽車進入自動駕駛狀態，羅獵放開了方向盤，腦海中想起剛才要塞中的情景，母親不是普通人，其實在得知風九青和母親之間的關係後，羅獵就意識到了這一點，但是羅獵只是認為母親在二十世紀初所做的一切都是在為生存而不屈地鬥爭，一個穿越時空誤入那一時代的人必須要和方方面面的危機抗爭，羅獵堅持認為母親在她本身所在的時代只是一個普通人。

可和年輕的母親相逢之後，母親的表現在不停顛覆羅獵的認知，他相信母親是在為正義而戰，可母親不是一個普通人，她不但擁有超人一等的戰鬥力，還擁有強大的意識力，可以窺探他人的腦域，她還擁有一把地玄晶打造的十字劍。

林格妮默默望著羅獵，她也想起要塞中發生的事情，不過她的關注點在羅獵奮不顧身地去營救白衣修女，他們到底是什麼關係？從自己的所見來看，羅獵顯然是認識她的，難道羅獵在這件事上有所隱瞞？

林格妮道：「你說，她會去嗎？」

羅獵當然知道林格妮口中的她指的是自己的母親，他點了點頭道：「應該會去吧。」

「那修女……」

羅獵閉上眼睛似乎已經睡去。

來到哈爾施塔特的時候還是夜晚，羅獵和林格妮將汽車停在小鎮停車場，這座被稱為世界最美小鎮的地方仍然沉浸在一片黑暗中，遠方亮燈的地方是尖頂的教堂，那裡也是哈爾施塔特最明顯的標誌。

可能是夜晚的緣故，羅獵並沒有感到這座小鎮因何被稱為世界最美，靜謐的湖水中，十多隻將脖子縮進翅膀內的天鵝正在熟睡，小鎮上見不到人，事實上這座小鎮總共也不過一千多人，鎮上的居民此時仍在熟睡。

兩人走過小溪，在這樣的夜裡也只有溪流仍然在不知疲倦地奔騰著。

鹽礦就在一旁的山上，這座歐洲最古老的鹽礦也是小鎮的著名景點，白天會有地軌往返接送遊客，當然你也可以選擇步行上山，到了夜晚就沒有了其他選擇，兩人步行向山上走去，山算不上高，他們很快就來到了鹽礦的入口。

林格妮道：「門是鎖著的。」

羅獵笑道：「當然。」他指了指山上，和林格妮繼續向上走去，從小路進入林中，走了沒幾步，兩人就同時停下了腳步，因為他們看到了那白衣修女，白衣修女已經換上了一身黑色的夜行衣，頭髮紮成了馬尾，她現在的樣子已經不再是修女，站在高處，手中端著一把螺旋離子槍瞄準了羅獵。

羅獵笑了起來，露出雪白整齊的牙齒，他的笑容人畜無傷：「這麼巧咱們居然又見面了。」

修女冷冷道：「你們竟然跟蹤我！」

羅獵道：「你把要塞弄得雞飛狗跳，爛攤子留給了我們，我們就算想跟蹤也來不及。」

修女道：「不要告訴我你們專程過來欣賞哈爾施塔特的夜景。」

林格妮道：「不可以嗎？你能來我們就不能來？難道這座山被你承包了？」

修女道：「我隨時可以殺死你們！」

羅獵道：「如果你要開槍的話不會等到現在，佳琪……」

「你閉嘴！」

羅獵心中暗笑，剛才直呼母親的名字有些大不敬，不過顯然起到了效果，母親將手中的槍垂落下去。

修女點了點頭道：「既然來了，那好，就一起進去。」她轉身向前走去。

羅獵和林格妮趕緊跟在了她的身後。

修女道：「你怎麼知道我的名字？」

羅獵當然不能將實情說出，總不能說我是你兒子，如果實話實說，保不齊母親又要給他一個大嘴巴子。林格妮道：「**這個世界上沒有什麼真正的秘密。**」

修女看了林格妮一眼道：「別以為我不知道你們都是間諜。」

林格妮道：「你是聖光使女？」

修女沒有回答，因為他們已經到達了目的地，這是一個廢棄的入口，礦井的入口被鐵門封住，上面落了一把大鎖。修女舉槍準備射擊的時候，羅獵主動上前，憑藉他從福伯那裡學來的開鎖技能，不到十秒鐘就將鎖打開。

修女嘲諷道：「我還以為你們是間諜，原來是賊。」

羅獵心中暗歎，記憶中母親的嘴巴沒那麼刻薄，就算是賊也是你生的。

進入黑漆漆的岩洞，林格妮心中有些懷疑，他們該不是找錯了地方？這裡根本不像是有人的樣子。

修女打開槍上的照明，林格妮開始利用搜索設備探察周圍的情況，她發現就在他們腳下兩百多米的地方有極強的能量波傳來，她將探測儀上的異常指給羅獵看。

修女也湊了過來，林格妮馬上將探測儀偏到一邊。

修女道：「真是小氣。」

林格妮道：「你不小氣，那你告訴我你來這裡的目的是什麼？」

修女笑了一聲，沒有回答。

羅獵道：「我說兩位，咱們既然都到了這裡，而且目標一致，不如放下此前的不快，攜手合作，你們覺得怎麼樣？」

修女已經向前走出一段距離，顯然對羅獵的提議沒有任何興趣。

林格妮咬著嘴唇似笑非笑地望著羅獵，羅獵苦笑道：「小氣！」

雖然兩位女士沒有人同意合作，可事實上他們是走在同一條路上，奔著同一個目標。很快遇到了第二道被鎖的鐵門，修女示意羅獵去開鎖，羅獵成了她樂呵呵的小跟班，林格妮看在眼裡，心中卻不是滋味，她甚至懷疑羅獵看上了這美貌的修女。

在羅獵看來，兒子聽媽媽的話天經地義，母親怎麼差遣自己都樂意。

走入這道鐵門，前方出現了一條長長的木質滑道，羅獵率先上了滑道，沿著滑道傾斜向下，這是過去供礦工使用的，不過仍然完好無恙，修女和林格妮依次滑下。

隨著他們向地底的深入，探測儀上的信號也變得越來越強烈。

羅獵低聲道：「這裡可能是天蠍會的一個基地。」

修女皺了皺眉頭，心中非常奇怪，她可沒有告訴羅獵這件事，他又是從何得知？難道是那殺手臨死前告訴他的資訊，否則他們也不會追蹤到了這裡。

兩旁的岩層都已經是天然的鹽礦，羅獵用手摸了一下，湊在舌尖上品嘗了一下，鹹鹹的都是鹽。

修女提醒道：「小心中毒！」她很快意識到自己對羅獵的提醒純屬關心，林格妮卻認為修女是在嘲諷羅獵。

羅獵笑道：「謝謝！」

林格妮心中暗歎，真是犯賤，難道他忘了在米拉貝爾花園被當眾打了一記耳光嗎？

前方出現了危險止步的標誌，修女繼續前行，可林格妮卻停下了腳步，修女走了幾步又轉身回來，林格妮的探測儀顯示能量波來自於左側的裂縫，羅獵率先來到裂縫前，這裂縫可以容納一個人側身通過，他示意兩人在外面等著，由他先去探路。

羅獵側身在裂縫中挪動，大約前行二十米的距離，前方現出一個巨大的岩洞，這岩洞直上直下，羅獵向下望去，不知岩洞到底有多深，林格妮探測到的能量波應當是從洞底傳來。

羅獵用手燈向外面的兩人傳遞信號，等到她們全都來到洞口，羅獵指了指下面，林格妮從探測儀的回饋得出這岩洞的深度在六十米左右，如果掉下去，肯定要摔得粉身碎骨，不過她和羅獵事先做好了準備。他們帶來了攀岩裝備，利用配備的裝備可以沿著岩洞近乎九十度的岩壁順利下行。

修女卻沒有裝備，她向林格妮道：「你負責在這裡掩護我們，我和他下去。」這擺明了是要把林格妮排除在外的意思。

林格妮道：「掩護也是要到下面吧。」

修女道：「算你說得有道理，把裝備給我，讓他背你下去。」

林格妮瞪了她一眼道：「憑什麼？」

修女也不跟她爭執，向羅獵道：「我沒帶攀岩裝備，你背我下去。」

羅獵想都不想就點了點頭，母命難違。

林格妮可不知道他們的這層關係，心中這個氣啊，這個羅獵是不是被她給迷暈了，她咬了咬嘴唇終於下了個決定：「給你！」她把自己的裝備給了修女。修女毫不客氣，連謝都不說一句，馬上將裝備穿上。

羅獵向林格妮笑了笑，林格妮來到他身後沒好氣道：「蹲下！」羅獵自知理虧趕緊蹲了下去。

修女道：「你好像有點怕老婆啊！」說完她笑著從岩洞攀爬下去。

羅獵真是哭笑不得，母親年輕的時候怎麼有點唯恐天下不亂，如果不是親眼所見，他怎麼都不會相信。

羅獵往下爬的時候感覺有人在自己脖子後面輕輕吹氣，肯定是林格妮，羅獵道：「別淘氣，如果掉下去就沒命了。」

林格妮道：「我才不怕，你跟她是不是早就認識？」

羅獵道：「不認識。」

「鬼才信你。」林格妮說完又道：「你結婚了？」

羅獵嗯了一聲。

林格妮道：「既然結婚了，就不要在外面拈花惹草處處留情。」

羅獵苦笑道：「你別誤會，在我眼裡她就是一聖母。」

「呵！都聖母了。」

羅獵心說，那可是我親娘啊！生怕林格妮再誤會他和母親的關係，羅獵道：「她不如你好看。」

女人最怕的就是這句話，一句話說得林格妮心花怒放：「真的？」

羅獵嗯了一聲，感覺脖子一熱，卻是林格妮湊在他脖子上用力親了一下，羅獵內心一顫，一把沒抓住右側的石縫，帶著林格妮哧溜滑了下去，幸虧攀岩裝備及時起到了作用，馬上穩定住了他們的身體。

修女在左側似笑非笑地望著他們，不忘提醒道：「秀恩愛，死得快！」

羅獵和林格妮是一對假夫妻，林格妮卻顯然已經進入了角色，至於羅獵對此仍然抗拒著，雖然林格妮的確美麗動人，兩人同床共枕的時候也的確會產生一些想法，畢竟體內荷爾蒙是真實的，坐懷不亂的真君子都是功能缺陷，不過羅獵還是能夠很好地保持兩人之間的界限，他不想逢場作戲，更不想禍害一個純真善良的女孩。

來到岩洞底部，很快就找到了密碼門，林格妮來到門前，對密碼門進行解碼。

修女站在一旁看著，現在她開始意識到單憑著自己只怕無法完成今晚的任務。

林格妮用了半分鐘的時間將密碼破解，門緩緩升起，他們三人進入其中，氣溫明顯降低了許多，前方有光芒透出，林格妮從探測儀上看出，能量源就在亮光的地方。

羅獵做了個讓兩人在後面等待的手勢，他準備先行探路，可修女已經向前方快步走去，林格妮也不甘落後。

羅獵心中暗歎，這兩人都是無組織無紀律性，自己也沒什麼辦法。

羅獵準備跟上的時候，卻感覺身後有些異樣，他轉身望去，卻見一個黑衣忍者幽靈般出現在門前。對方雙手同時揮出，兩隻鐵蒺藜向羅獵飛旋而來。

羅獵身軀後仰，躲過對方鐵蒺藜的同時，抽出飛刀向忍者射去。

林格妮聽到身後動靜，知道羅獵遇襲，她馬上轉身過來支援，手中鐳射槍瞄準忍者射擊。

忍者的身影化成一團煙霧瞬間不見。

林格妮收起手槍四處觀望的時候，那忍者突然現身在她的對面，一把抓住她握槍的手腕，右手太刀刺向林格妮的小腹。蓬！一道綠光擊中了忍者，卻是修女及時開槍為林格妮解圍。

忍者在地上翻滾了一下，重新站了起來，他雙手擎起太刀緩緩向下一揮，在他的身後出現了五名一模一樣的忍者。

羅獵向修女道：「你的十字劍！」

修女看了他一眼，還是將十字劍遞給了羅獵，羅獵接過十字劍，猛然用力向前方擲去，十字劍在空中劃出一道弧線，噗地射入忍者的額頭，忍者的頭上頓時露出一個藍色發亮的血洞，身後幻象瞬間消失得無影無蹤。

羅獵走過去踩在忍者的臉上將十字劍拔了出來，回到修女身邊倒轉十字劍，將劍柄遞給了她：「這劍不錯。」

修女道：「聖物！」

羅獵道：「地玄晶打造的聖物？」

修女瞥了他一眼，本想說什麼。林格妮一旁顫聲道：「那是什麼……」

兩人舉目望去，卻見前方一道黑影步履蹣跚地向他們挪了過來，修女端起螺旋離子槍，打開光源，光源照射在黑影的臉上，這是一張腐爛醜陋的面孔，光束投射在他的臉上，瞳孔卻呈現出和正常人不同的擴大反射，他發出一聲野獸般的嚎叫，然後繼續向前方挪動而來。

林格妮道：「殭屍？」

修女扣動扳機，一槍命中了那怪物的頭部，將怪物的腦袋打得稀巴爛，那怪物向前栽倒在了地上，修女道：「喪屍病毒，大家自求多福，記住瞄準他們的頭部。」

三人同時舉起了槍，而此時前方傳來陣陣嘈雜的腳步聲，林格妮從探測儀上看出這次過來的至少有數百人之多，她低聲道：「太多了！」

修女道：「他們本不該被放出來。」

林格妮道：「可能是我在開啟密碼的時候進入了主系統，所以將所有的房門都打開了。」

修女道：「找到解藥，然後炸掉這個地方。」她向兩人道：「你們掩護我，我去找解藥。」她根本不等羅獵和林格妮同意，已經從一旁的小路向中心地帶挺進。

幾百名喪屍從正前方緩緩移動著，他們的速度雖然不算太快，可是幾乎佔據了整個山洞，林格妮掏出一顆凝氣彈遞給了羅獵，羅獵啟動凝氣彈的開關，然後用力向殭屍群中扔了過去，凝氣彈在殭屍隊伍的中心爆炸，瞬間的低溫將附近的殭屍冷凍。這些冷凍的殭屍形成了一面臨時的牆壁，阻擋後方殭屍繼續前行。

羅獵和林格妮舉起鐳射槍瞄準前方的殭屍射擊，兩人槍法都很準，每一槍都瞄準了殭屍的頭部。凝氣彈凍結殭屍形成的冰牆也沒有維繫太久的時間，很快就被前撲後繼的殭屍推倒。

羅獵大聲道：「你好了沒有？」

修女的聲音從右前方傳來：「就快了，你們堅持一會兒！」

羅獵又投出一顆凝氣彈，將最前方的殭屍冰凍，他和林格妮趁此機會得以喘息，林格妮道：「她要找什麼解藥？」

羅獵道：「應該是克制殭屍病毒的解藥。」

此時地面突然震動了起來，兩人對望了一眼，都以為是地震，可隨即又發生了震動，震動來自於他們的正前方，凝氣彈形成的冰牆開始從中心開裂，突然冰牆整個坍塌開來，一個棕黑色的身影在殭屍的簇擁下出現在他們的面前。

這是一頭狼人，牠直立站在殭屍群中，身高在兩米開外。

羅獵和林格妮第一時間就反應了過來，他們舉起鐳射槍向狼人的頭顱射去，鐳射槍只是燒焦了狼人的毛髮，卻無法對牠造成根本性的損傷，狼人大吼一聲向羅獵撲來，羅獵朝著狼人投出一顆凝氣彈，卻被狼人一爪拍飛，凝氣彈落在殭屍群中爆炸。

羅獵和林格妮同時向一旁跳落，面對狼人的全力一擊，他們選擇暫避鋒芒。

狼人撲了個空，旋即抓起一塊巨石向林格妮砸去。

羅獵抱住林格妮沿著斜坡滾落下去，此時數百名殭屍都湧了過來，它們沿著斜坡也滾落下去，將兩人包圍在中心。

林格妮向羅獵使了個眼色，兩人在手錶上摁了一下，從手錶內射出一根纖細的鋼絲，深深釘入上方的岩層，然後鋼絲迅速縮短，帶著兩人向上升騰而起。

他們居高臨下瞄準下方的殭屍射擊，那些殭屍雖然很多，可是並沒有攀爬到上方的能力。狼人嚎叫了一聲，牠向一旁繞行，來到右側的岩石上，意圖從那裡躍下向高處的兩人發動攻擊。

狼人躍下岩石的時候，修女站在對側的石台之上瞄準狼人就是一擊，她的螺旋離子槍要比羅獵和林格妮的武器威力強大，狼人中槍之後從半空中掉落下去，落在殭屍群中。

修女向羅獵揮了揮手道：「這邊！」

羅獵和林格妮將鋼絲放長了一些，來迴盪動了幾下，收回埋入岩石的鋼錨，他們的身體騰空落在修女所在的石台上。

修女向下扔了一顆燃燒彈，燃燒彈點燃了十多具殭屍，滿身是火的殭屍亂衝亂撞，只要是沾到同伴火勢馬上就蔓延到同伴的身上。

修女指了指身後的小路，她在前方領路，一邊走一邊向兩人道：「這裡是天蠍會的一個秘密基地，現在他們研發的中心並不在這裡。」

羅獵道：「你找的解藥？」

修女揚了揚手，她手中有一個管狀的不銹鋼容器，和此前在薩爾茨堡所遇殺手用來交易的那個看起來一樣。

修女對路線很熟，剛才來的時候可是林格妮在全程帶路，林格妮道：「你好像對這裡很熟？」

修女道：「在實驗中心裡有一張這裡的地形圖，我剛好看到了。」

林格妮道：「實驗中心？」

修女道：「已經不做實驗了。」她將得到的地圖遞給了林格妮。

林格妮看到那張地圖的時候突然停下了腳步，她忽然轉身回頭奔去，羅獵大吼道：「你回來！」

修女也沒有想到他們眼看就要逃出生天居然會發生這種事情，林格妮為何要重返險境？羅獵向母親看了一眼，他低聲道：「我要回去找她。」

修女道：「你們這是去送死！」

羅獵搖了搖頭，他過身去。

修女叫住他：「你站住！」

羅獵停下腳步望著母親。

修女道：「我有更重要的事情去做，所以我不能耽擱。」她將十字劍取下遞給了羅獵：「這個對你應該有用。」

羅獵接過十字劍。

修女道：「還有十分鐘這裡就要爆炸，炸彈的密碼是七六五一三。」

「保重！」羅獵的身影已經消失在黑暗中。

修女暗自感歎，她絕不是捨棄同伴的人，可是她還有更重要的事情去做，如果她再不走，恐怕會前功盡棄。

林格妮沿著原路返回了平台，她找到了通往中心試驗室的門，剛剛進入實驗室，就看到實驗室內，一個高大的身影就蹲在試驗台上。狼人的毛髮被燒灼了多處，看起來更加的醜陋猙獰，林格妮舉起鐳射槍向狼人發射，兩道鐳射光束都射中了狼人的頭部，可只是將牠的毛髮燒禿了兩塊，狼人長大了嘴巴，露出滿口的獠牙，牠的後腿蜷曲準備蓄力一蹬撲向這美好而柔弱的獵物。

蓬！一個石塊從側方砸在了牠的面部，狼人的腦袋晃動了一下，陰森的左眼鎖定了左側的攻擊者。

羅獵向牠吹了個呼哨，大聲道：「來啊！過來啊！」

林格妮看到羅獵回來，心中驚喜無比。

羅獵道：「炸彈在六號台下，密碼七六五一三！」說話的同時他瞄準狼人射擊，鐳射槍對狼人造不成致命傷害，羅獵的真實用意是要吸引狼人的注意力，林格妮才有機會前往六號台下，解除那顆一分鐘後就要爆炸的定時炸彈。

林格妮馬上明白了羅獵的意思，她向六號試驗台的方向趕去，剛走了兩步，就有三名喪屍攔住了她的去路，林格妮開槍射中了其中一名喪屍的頭部，可這時前後左右都有喪屍圍攏過來，林格妮跳上試驗台，一邊憑藉著出眾的彈跳能力在試驗台上縱跳騰躍繼續前進，一邊利用地形的優勢來幹掉試圖靠近的喪屍。她不敢繼戰，因為時間緊迫，如果她無法在倒數計時結束之前將炸彈拆除，那麼他們將隨同這群地底怪物一起在爆炸中灰飛湮滅。

她看到了六號台所在的位置，不過那裡也站著一個喪屍，蹲在那裡，腦袋鑽入了試驗台下，林格妮一個箭步飛躍過去。喪屍應該有所覺察，它試圖從試驗台下抬起頭來，不等它抬頭，林格妮抽出軍刀，一刀砍在了它的脖子上，喪屍的脖子齊齊斬斷，一顆邪惡的頭顱嘰哩咕嚕地皮球般滾了出去。

林格妮抬腳將喪屍的屍體踹開，她舉槍幹掉了兩名試圖向自己靠近的喪屍，然後鑽入了試驗台下，定時炸彈就貼在桌底，倒計時只剩下四秒，林格妮迅速按下七六五一三這個密碼，看到時間停在了一秒處，林格妮長舒了一口氣，然而她根本沒時間放鬆，因為六號試驗台已經被喪屍團團圍住，五六顆喪屍的腦袋從她剛剛鑽入的地方探身進來，它們的喉頭發出陣陣恐怖低沉的嘶吼。

林格妮無法從原路離開，只能蜷曲在六號試驗台下利用這狹窄的空間反擊。

狼人撲向羅獵，羅獵憑藉靈活的身法翻滾躲過牠的攻擊，狼人的利爪抓在了地上，在堅硬的花崗岩地面上留下幾道深深的爪痕。

羅獵起身繼續挑釁，狼人頸部的長毛根根豎起，這讓牠的體型看起來又大了許多。

第八章

牆上的字

林格妮邊看邊流淚，羅獵心中感歎不已，
她的父母在親情和大義之間最終選擇了後者，
在他們寫下這信時，並沒有想到女兒能夠活下去。
他們的心中一定是充滿無比悲傷和愧疚的。
正因為此，才顯出他們人格之偉大。

羅獵盯住狼人的雙目，他試圖平復狼人暴戾的情緒，甚至控制牠，可羅獵現在的精神力還不足以控制如此強悍的對象，狼人爆發出一聲怒吼，再度向羅獵衝來。

羅獵卻做出了一個讓牠意想不到的動作，狼人還未靠近他，他就已經倒了下去，狼人看到目標倒下，還以為自己把他給嚇死了，趕緊調整攻擊方案，可此時已經來不及了，羅獵手中的十字劍反射向狼人的咽喉。

狼人自恃身體堅不可摧，可十字劍卻是用地玄晶打造而成，噗的一聲射入牠的咽喉直至末柄。

狼人龐大的身軀轟然倒地，十字劍泛著藍色的尖端從狼人的頸後暴露出來。

羅獵抽出十字劍，狼人的身體迅速恢復成了人形，不過十字劍給他造成的傷口也在迅速擴大。

羅獵顧不上狼人，因為那邊林格妮的情況已經非常危險，六號試驗台被喪屍團團包圍，羅獵舉槍射擊，那些喪屍都是一根筋的傢伙，並沒有轉移目標來攻擊羅獵，仍然圍著六號試驗台，如果不是試驗台足夠堅固，只怕林格妮早已落入它們的手中。

羅獵和林格妮裡應外合，終於從正面打通了一條血路，林格妮在羅獵的掩護下從鮮血中爬了出來，脫困之後，她發現他們的四周全都是喪屍，想要從原路離開根本不可能了。

林格妮道：「跟我來。」她帶著羅獵向實驗室深處退去，雖然越走越深，不過目前至少可以遠離這些喪屍獲得喘息之機。

林格妮關上實驗室的阻斷門，透過這透明的阻斷門可以看到喪屍仍然在接二連三地撲上來，他們張牙舞爪，拍擊著阻斷門，不過以它們的能力無法攻破這堅固的大門。

羅獵長舒了一口氣，環視周圍，發現這裡和外面的佈局差不多，只不過兩間實驗室只有一道隔絕門相通，這一間更為隱秘，試驗台也少了許多。

羅獵聽到房門開啟的聲音，循聲望去，卻是林格妮又打開了一道隱藏著的房門，羅獵有些詫異，他發現林格妮對這裡的環境非常熟悉。

林格妮道：「裡面是手術室……」她的聲音明顯在顫抖。

羅獵跟著林格妮走了進去，裡面果然是手術室，不過這間手術室應該有很長一段時間沒有使用了，在手術室的右側牆壁上有大面的玻璃窗，林格妮顫抖的手落在了手術床上，美眸中湧出淚光。

從她的表情羅獵已經看出，她和這裡必有淵源，否則她也不會在剛才即將脫困的狀況下又選擇回頭。羅獵並沒有發問，他向外面看了看，確信那喪屍無法突破阻斷門。

林格妮道：「當年我就是站在窗外，親眼看到他們在手術台上……殘害了……我的父母……」淚水沿著她皎潔的俏臉滑落，這是她隱藏在心中最深的痛。

羅獵充滿同情地望著她，可以想像這件事帶給她怎樣的傷害。他低聲道：「你是在這裡獲救的？」

林格妮搖了搖頭道：「他們把我帶到了另外一個地方，在轉移的途中，陸叔叔救了我。」

羅獵道：「你為什麼要回來？」如果說林格妮只是為了證明這裡是曾經關押過她的地方，這種冒險似乎並不值得。

林格妮道：「對不起，我……我只是想找到我父母留給我的一些東西……」她含淚望著羅獵，正是因為自己的一時衝動才將羅獵連累到現在進退維谷的地步。

羅獵淡然笑道：「有什麼好對不起的，其實就算你不回來，我也打算回來看看這裡到底有什麼秘密。」他是個慣於為他人著想的人，並不想林格妮因為這件事而感到難過。

林格妮道：「這裡應該還有一道房門，通往我們過去被囚禁的地方。」

羅獵道：「你還記得門在什麼地方？」

林格妮道：「應該在……」她的目光投向那扇巨大的玻璃窗，她想起了什麼，在玻璃窗旁找到了隱形門，推開隱形門是一條長長的走廊，走廊的盡頭是電梯。

電梯早已斷電停運，林格妮道：「就是這下面。」

羅獵向四周看了看並沒有發現安全樓梯，他敲開電梯門，雙臂用力將電梯的安全門扒開。打開手燈向下望去，大概有二十米左右的深度。

林格妮道：「我爸我媽在牢房內留下了一些東西。」

羅獵點了點頭，他意識到林格妮冒險回來的真正原因在於此，林格妮父母留下的東西對她的意義必然重大。羅獵道：「咱們下去看看。」

林格妮心中充滿了感激，羅獵真的很體貼。

兩人沿著鐵索下滑，來到電梯坑道的底部，林格妮利用手錶上的鐳射，將電梯轎廂的頂部切割出一個可供他們進入的洞口，兩人進入轎廂，林格妮探查了一下外面的狀況，確信沒有異常，這才打開電梯門，因為擔心地下的空氣中有毒，他們提前帶上了面罩。

借著手燈的光線，看到前方出現了一條幽深漫長的甬道，林格妮介紹說，這裡是過去用來關押人質的地方，天蠍會利用不法手段劫持人質，利用人質來索取巨額贖金，除此之外，他們還會劫持用來進行人體實驗的對象。

林格妮的父母過去和陸劍揚都是戰友，也是最早的基地科研工作者，他們一家三口是在度假中被劫持。

打開牢房的大門，走下台階，眼前的所見讓羅獵也是目瞪口呆，只見這巨大的地下空間內，一共有四列四層的鐵籠，每一個鐵籠都是一個囚室，羅獵初步計算了一下，單單是這座地下囚室就能夠關押近千名囚犯，誰能夠想到這美麗小鎮的地底深處竟然藏著一個如此恐怖之地。

林格妮找到了屬於她父母的囚室，當年他們一家在囚室中度過了接近半年的痛苦時光，天蠍會想盡一切辦法折磨她的父母，最終仍然沒有能夠從他們那裡得到想要的情報，在徹底喪失耐心的狀況下對她的父母下了狠手。

他們留下林格妮並不是因為心存仁慈，而是因為他們對當時才只有七歲的林格妮進行了人體實驗，如果不是陸劍揚率隊在他們轉移的途中發現了林格妮，恐怕她早已死去。

羅獵打開了囚室的門鎖，林格妮進入囚室，看到牆上仍然留有自己的塗鴉，她忍不住哭了起來。

羅獵能夠理解她的悲傷，沒有打擾她，讓林格妮盡情釋放著心中的憂傷。

林格妮止住哭聲，她將手燈光線的波長調整了一下，投射在囚室上，神奇的一幕出現了，在囚室的牆壁和鐵欄上出現了一個個發光的文字，林格妮道：「他們逼迫我父母為他們工作，想讓我父母交出他們的研究成果，我爸爸利用實驗室的試劑調配了一種特殊的染料，在這裡寫下了許多的研究心得，因為他接觸到了天蠍會的邪惡研究，所以他想到了克制的方法。」她利用相機將這些文字全部記錄了下來。

羅獵看到了牆上的一封信，卻是林格妮的父母寫給她的。

妮妮：如果有一天你長大了，回到這裡，看到這封信，希望你不要記恨我們，只要我們答應為天蠍會做事，他們就應當可以放過我們一家，放過你，可是我們不能這麼做。人活一輩子，有所為有所不為，這個道理你長大後一定會懂得，一定會明白……

林格妮一邊看一邊流淚，羅獵看過之後心中感歎不已，林格妮的父母在親情和大義之間最終選擇了後者，其實在他們寫下這封信的時候並沒有想到女兒能夠活下去。他們的心中是充滿悲傷和愧疚的。

正因為此，才顯出他們人格之偉大。

林格妮將囚室內的一切記錄下來之後，又將囚室內所有的痕跡進行擦除，擦除的辦法就是利用化學反應的方法讓文字消失。林格妮做完這一切，她的情緒也平復下來。

兩人在這地下牢籠內巡查了一圈，並未發現其他可疑的地方。

羅獵提醒林格妮道：「必須要將這裡炸掉，不可以讓那些怪物跑出去，否則一定會造成極度恐慌。」

林格妮點了點頭道：「我考慮到了這一點，所以我將炸彈帶了出來，等我們離開的時候重新設定時間即可。」

他們決定沿原路離開，沿著電梯的鋼索爬了上去，回到實驗室，看到隔斷門外密密麻麻全都是喪屍，那些喪屍不停拍打著阻斷門，雖然它們無法進入實驗室內，可是從外面的人數估計，他們想要衝出重圍也非常困難。

林格妮通過探測儀粗略計算一下，外面的殭屍要在五百人以上，她倒吸了一口冷氣道：「咱們這樣衝出去根本不現實。」

羅獵點了點頭道：「把它們放進來打。」他的想法雖然冒險，可現在已經沒有別的選擇了。

兩人檢查了一下武器，他們的策略就是步步為營，先退後進，敵進我退，敵退我進，敵疲我打。

準備停當之後，羅獵打開了阻斷門，阻斷門打開之後，喪屍一窩蜂全都湧了進來。可因為同時湧入太多，反倒在門前形成擁堵，羅獵和林格妮同時舉起鐳射槍，瞄準了喪屍的頭部進行射擊，兩人槍法如神例無虛發，轉瞬之間已經有十多名喪屍被射殺在地。

喪屍並非毫無智慧，它們很快就意識到如果同時向前擁擠，就會造成擁堵，卡在阻斷門的門口誰都進不去，它們開始魚貫通過阻斷門。不過這樣也給羅獵和林格妮的射擊造成了便利。

阻斷門口很快就躺滿了屍體，這些喪屍被爆頭之後就徹底失去了進攻的能力，喪屍的數量實在太多，雖然羅獵和林格妮不停開槍，可仍然有喪屍不斷湧入，兩人開始撤退，他們向手術室撤退，在手術室內開始第二次阻擊。

兩人的戰術選擇得當，將喪屍放進來打，喪屍的隊形分散之後才好對付，喪屍瘋狂攻擊了一會兒之後，突然停止進入了手術室內，只是不停在實驗室內聚集。

羅獵心中暗奇，這些喪屍居然擁有一定的智慧，這和他過去印象中的喪屍完全不同。

林格妮忽然停止了射擊，她驚恐萬分地望著門外，在喪屍的隊伍中心，有一個身材高大的男子，他身上的白大褂染滿了血跡，頭髮蓬亂，可林格妮仍然從他的側面認出那是自己的父親，她慌忙制止羅獵道：「不要開槍！」

羅獵愣了一下，他並不知道發生了什麼，林格妮顫聲道：「爸！爸！」

那身穿白大褂的男子緩緩轉過面孔，另外那半邊面孔血肉模糊，一隻眼球耷拉在眼眶之外，形容恐怖到了極點。林格妮卻認出這名在喪屍簇擁中的男子就是自己的父親，她尖叫道：「爸，你醒醒！」

喪屍的進攻又重新開始，羅獵開槍接連擊中了幾名喪屍，卻見林格妮仍然無動於衷，他大吼道：「快開槍！」

林格妮這才回過神來，一槍擊中了一名正衝向自己的喪屍，可臨陣決戰之時容不得有半點的遲疑，剛才的遲疑已經造成大批喪屍擁入手術室，兩人不得不暫時退出手術室，他們從隱形門逃離，而後又迅速地將隱形門閉合起來，羅獵將隱形門反鎖。

喪屍很快衝撞隱形門，這道隱形門應該撐不太久。更多的喪屍撲向了落地窗，落地窗的玻璃強度一般，在喪屍的猛烈衝撞下很快就破碎開來，喪屍接二連三地衝入了通道。

這是羅獵和林格妮計畫中的最後一條防線，雖然後面還有電梯和地牢，可一旦他們進入電梯井，再想爬上來恐怕難上加難。

鐳射槍的能量也不是無窮無盡，羅獵觀察了一下能量槽，已經變成了紅色，也就是說他最多還有五十次射擊的機會，林格妮的情況也比他好不到哪裡。

比起彈藥用盡，更讓人擔憂的是林格妮的狀況，因為父親的出現，林格妮已經無法集中精力殺敵。

那身穿白大褂的喪屍站在喪屍隊伍的前方，他歪著腦袋，喉頭發出低沉古怪的嘶吼聲。

林格妮滿臉都是淚水，現實對她實在是太殘酷了，她寧願看到父親死去也不希望看到他以這樣的狀況毫無尊嚴地出現在自己面前。

羅獵道：「他已經死了！」他知道林格妮的內心必然是極其糾結的。

林格妮點了點頭，可她仍然無法下定決心。

羅獵舉槍瞄準了林格妮的父親，林格妮顫聲道：「不要……」

羅獵的這一槍終於還是向下瞄準了一些，他射向白衣喪屍的右腿，白衣喪屍踉蹌了一下跪倒在地上，後方的喪屍瘋狂湧了上來，它們擋住了白衣喪屍的身影。

看不到父親，林格妮總算鎮定了下來，她和羅獵配合開槍，兩人邊打邊退，已經來到了電梯前方，鐳射槍的能量已經耗盡，兩人丟下鐳射槍，從腰間掏出手槍。

還好走廊內的喪屍只剩下不到二十人，他們展開反擊，重新向手術室靠近，連續射殺十多名喪屍之後，已經回到手術室破裂的觀察窗旁，一名喪屍扶著牆，陰森森地望著他們。

羅獵一槍就將這名喪屍爆頭。

兩人向手術室的隱形門走去，聽了聽門後並無動靜，羅獵拉開房門，林格妮看了看裡面，並沒有發現喪屍的存在，她率先衝了進去。看到手術室的地下躺著十多具喪屍的屍體，其中身穿白大褂的父親非常顯眼。

林格妮咬了咬嘴唇，隨後進入的羅獵低聲道：「走吧！」

林格妮望著一動不動的父親，不知他是不是真正死亡，剛才羅獵的一槍射在了他的腿上應當不會導致他徹底終結。此時又有喪屍從手術室的門外進入，兩人舉槍射擊，就在此時，那白衣喪屍猛然從地上爬了過來，速度之快遠超普通的傷勢，他一把就抓住了林格妮的足踝，林格妮被他拉倒在了地上。

白衣喪屍張開血盆大口，準備向林格妮的咽喉咬去，羅獵及時趕到，一腳踹在他的面門上，白衣喪屍鬆開林格妮，不顧一切地抓住了羅獵的小腿，他張口準備咬羅獵的時候，林格妮發出聲嘶力竭的尖叫，她舉起手槍瞄準了白衣喪屍的頭顱就是一槍。

白衣喪屍被爆頭之後重重跌倒在地上，羅獵掙脫開他的雙臂，來到林格妮身邊，展臂將失魂落魄的她從地上抱了起來，鼓勵她道：「他早就已經死了！他早就已經死了！」

林格妮含淚道：「我殺了他，我殺了我父親……」

羅獵轉身就是一槍，將一名試圖襲擊他們的喪屍幹掉，他向林格妮大吼道：「走，是不是想死在這裡？」

林格妮被羅獵的這聲大吼驚醒，她擦去眼淚，和羅獵一起向外走去。化悲痛為力量，林格妮將所有的悲憤都發洩在喪屍的身上，兩人合力殺出了實驗室，回到了鹽礦的通道中，林格妮將炸彈的時間重新調整，設定在半個小時後爆炸，到時候整個地下實驗室就會被夷為平地。

她的情緒已經徹底穩定了下來，向羅獵道：「走！」

羅獵點了點頭，林格妮走了幾步，卻發現羅獵並沒有跟上來，她愕然道：「還不走？」

羅獵向她笑了笑：「你走吧，我還有些事情，咱們在外面會合。」

林格妮敏銳地覺察到有些不對，她忽然想起了什麼，剛才逃跑的路上，羅獵走路一瘸一拐，她用手燈照亮羅獵的左腿，看到羅獵的褲腿被撕開了一大塊，借著燈光發現，羅獵的左小腿上有四道觸目驚心的爪痕。

林格妮捂住了櫻唇，回想起在手術室中父親突然攻擊自己，一定是羅獵在營救她的時候被父親抓傷，林格妮內疚到了極點，如果自己能夠果斷一點，認清形勢，不被親情所困擾，羅獵根本就不可能受傷。

羅獵道：「你走吧！一切都來得及。」

「不！」林格妮尖叫道。

羅獵道：「你總是那麼不理智……」

林格妮道：「我就是不理智，是我害了你，你要留下我就留下。」

羅獵搖了搖頭道：「你根本不知道會發生什麼。」

林格妮道：「一定有辦法……一定有辦法！就算你不肯走，至少咱們先離開這個地方。」又有喪屍出現，林格妮連開三槍射殺了三名喪屍。她倔強地挽住羅獵的手臂。

羅獵大聲道：「走吧，你害了我一個還不夠，難道要禍害世界上所有的人嗎？」

林格妮美眸通紅，她終於放開了羅獵的手，羅獵以為林格妮終於想通，卻沒料到林格妮突然揚起手在他的腦後重擊了一下，羅獵眼前一黑暈倒在地。

林格妮背起羅獵，她也是不得已選擇這樣的辦法，不然她根本無法帶羅獵一起離開。

羅獵在一陣劇烈的震顫中醒來，他的第一反應是炸彈爆炸了，比起爆炸，他更關心的是林格妮是否離開，林格妮並沒有離開，非但沒有離開，她正趴在羅獵的小腿上為他吸出毒血。

羅獵慌忙將腿收了回來，林格妮轉過身將毒血吐了，又漱了漱口。重新回到羅獵的身邊，羅獵一臉無奈地望著她道：「傻丫頭，你這是何苦？如果你也被感染怎麼辦？」

林格妮道：「現在你趕不走我了，也許根本沒那麼嚴重，你現在不還是好端端的？」

羅獵借著燈光看了看自己的左腿，左小腿上四道爪痕已經變成了正常的顏色，從表面上看似乎和普通傷口沒什麼不同。羅獵心中暗忖，或許自己的體質和普通人不同，也許真的可以躲過這次劫難。

他向周圍看了看道：「這裡是什麼地方？」

林格妮道：「廢棄的鹽礦坑道，過去礦工休息的地方。」

羅獵望著林格妮，忽然從心底生出一種古怪的欲望，這是對鮮血的渴望，羅獵因這突然出現的想法嚇了一跳，深深吸了口氣道：「你……還是走吧……」

林格妮道：「我也和你一樣，都有感染喪屍病毒的可能，所以我不走。」

羅獵苦笑道：「難道你就不能讓我有尊嚴地死去？」

林格妮搖了搖頭：「羅獵，我不會讓你死，如果你死了我陪你。」

羅獵道：「我受不起。」

林格妮道：「我父母應該研究出了對付喪屍病毒的方法，你相信我，我一定能夠找出解決的辦法。」

羅獵點了點頭，事到如今他又有什麼辦法？林格妮太倔強，是一條路要走到黑的性子。

林格妮伸手摸了摸他的頭，觸手處冰冷一片，她柔聲道：「你休息一下，我查閱一下資料。」

羅獵的腦子昏昏沉沉，他不敢睡，生怕自己一旦睡過去就再也無法醒來，就算能夠醒來，也不再擁有理智的頭腦，羅獵道：「你答應我，如果我變成了喪屍，你就一槍殺了我。」

林格妮望著羅獵，兩行晶瑩的淚水無聲流下，她點了點頭，心中卻暗想到，如果真的無法阻止羅獵變成喪屍，自己也選擇自殺，不僅僅因為自己愛上了羅獵，更是因為她無法帶著負疚之心活下去，羅獵之所以變成這個樣子，全都是被她所害。

林格妮提醒自己一定不要慌亂，她集中所有的注意力去查閱父母留下的資料，也許答案就在其中，可是無論林格妮怎樣努力，她始終都沒有找到線索。

羅獵的狀況越來越差了，蜷曲在睡袋中，因為體溫下降身體不斷顫抖著，林格妮來到他身邊抱住了他，通過這種方式多給他一些溫暖。

羅獵道：「走吧……還來得及……」他的意識還清醒。

林格妮沒有說話，只是抱得更緊了。

羅獵的體溫又開始升高，林格妮用冷水幫他擦身進行物理降溫，羅獵因高燒說起了胡話：「青虹……小彩虹……平安……可能我……我再也回不去了……」

林格妮強忍酸楚：「你要回什麼地方？」

羅獵道：「回家……這裡離家好遠……」

「再遠也回得去！」

羅獵顫聲道：「我可以越過萬水千山……可是我……我無法越過時間……青虹……我……我在一百多年以後……」

林格妮的手停頓了下來，她詫異地望著羅獵。

羅獵道：「青虹……」

林格妮含淚望著她。

羅獵望著她，彷彿看到葉青虹出現在自己面前：「青虹……我回家了？」

林格妮點了點頭。

羅獵一把將她擁入懷中，低下頭去尋找她的唇，林格妮猶豫了一下，還是將櫻唇送了過去。火焰一經點燃就無法熄滅，羅獵壓抑得太久，恍惚中看到葉青虹之後，多日以來的思念隱忍孤獨全都湧上心頭，宛如決堤之江水滔滔不絕。

林格妮雖然知道羅獵明明把自己當成了葉青虹，可是她並不介意，在她看來已經是世界末日，羅獵之所以變成這個樣子全都是自己所害，而她對羅獵在不知不覺中已經愛得極深，就算是為羅獵犧牲性命她也心甘情願。

羅獵恢復理智的時候，他意識到了什麼，心中頓時湧出內疚和悔意，他雖然不記得細節，可是他卻知道自己將林格妮當成了葉青虹，他竟然對林格妮做出了超越友誼的事情，而這樣的行為無疑是對葉青虹的背叛。

羅獵悄悄向一邊挪動了一些，林格妮被他的動靜驚醒，卻不敢說話，美眸仍然緊閉裝出自己睡著的樣子，聽到一邊羅獵窸窸窣窣地穿衣聲，她終忍不住睜開雙目，小聲道：「你去哪裡？」

羅獵尷尬道：「我……去……方便……」這個理由實在是太沒創意了。

林格妮忍不住笑了起來，羅獵穿上衣服向一旁逃去。

林格妮趁著他離開迅速穿上衣服，回想起剛才發生的事情，有些難為情，下意識地摸了摸自己的面龐，燙得嚇人。

林格妮整理好衣服，看到羅獵許久沒有回來，有些擔心道：「羅獵！」

羅獵的聲音從不遠處傳來，他想過一走了之，可這樣做未免太不負責，思前想後還是回到林格妮的身邊。

林格妮道：「看來你的危險期過去了。」

羅獵愣了一下，這才想起自己受傷的左腿，低頭望去，看到左腿的膚色恢復了正常，被抓出的創痕也漸漸癒合，他心中暗自奇怪，難道自己對喪屍病毒擁有抗體？

林格妮道：「其實我父母留下的最大秘密就是我，我擁有喪屍病毒的抗體。」

羅獵道：「你給我注射了抗病毒血清？」

林格妮的俏臉紅了起來，不過她難以啟齒的是他們之間通過體液接觸而造成了羅獵的感染不治而癒，點了點頭。

羅獵仍然感到全身痠軟無力，找了個地方坐下，偷偷看了看林格妮，終於鼓足勇氣道：「對不起！」

林格妮搖了搖頭道：「你沒什麼對不起我的地方，是我自己心甘情願，而且你也不要放在心上，我會把這件事徹徹底底地忘了。」

羅獵點了點頭，林格妮這樣說，他的心裡稍稍好過一些。

林格妮道：「你真的是……」停頓了一下終於還是問道：「你真的是穿越時空來到了這裡？」

羅獵在意識迷亂的時候說了不少的話，以林格妮聰穎的頭腦已經從中猜到了端倪。

羅獵點了點頭。

林格妮小聲道：「青虹是你過去的妻子？」

羅獵沒有說話。

林格妮安慰他道：「據我所知，現在有許多國家都在秘密研究時空旅行，或許不久之後就會實現，到時候你就能夠回去和家人團聚了。」說到這裡，心中悵然若失，若是真有這樣的一天，自己該會如何失落，可轉念一想，自己的生命剩下還不到一年，科技發展再快，一年內也不可能實現時空旅行，更何況是將一個人精確地送回到某個特定的年代，或許幾十年上百年都無法實現，她剛才之所以這樣說，只不過是安慰羅獵罷了。

羅獵歎了口氣道：「希望如此吧。」雖然心中希望不滅，可理智卻告訴他短期內或許無法實現這一目標，而且他開始懷疑在自己穿越的過程中已經偏離了歷史的原有脈絡。

林格妮道：「我去看看有沒有出路。」她邁出一步，卻感到身下一陣疼痛，禁不住嗯了一聲，羅獵以為她發生了什麼事情，慌忙道：「你怎麼了？」

林格妮紅著俏臉嬌嗔道：「還不是你做的好……事……」

羅獵尷尬道：「你……你是第一次……」

林格妮聽他這麼說，氣得跺了跺腳道：「不理你了！」

望著林格妮的身影，羅獵感到內心一熱，他壓抑得太久，無論理智如何，他的身體的確需要一次釋放，閉上眼睛，回憶起剛才發生的事情，羅獵也感到有些慚愧，自己對林格妮未免太粗暴了一些。

想起林格妮不顧一切為自己吸出毒血的情景，他的內心難免感動，自己何德何能，可以讓一個純情少女為自己忘記安危，甚至甘心捨棄生命。

林格妮回來的時候臉上紅暈未退，因為和羅獵突破了最後一層關係，總覺得兩人相對的時候和過去不太一樣。

羅獵也是如此，不過他主要是表現在自制力減退了許多，是心底原始的欲望在驅動，羅獵知道很可能是因為被喪屍抓傷的緣故，他儘量去想別的事情分散注意力，以免將精力過多集中在林格妮的身上。

林格妮道：「我找到了道路，應該可以離開這裡。」

羅獵搖了搖頭道：「我無法確定自己是不是已經好了，暫時還是不要離開。」

林格妮道：「應該沒事了，不過若是穩妥起見，我們可以三日後離開，喪屍病毒的潛伏期最多兩日，過了第三天就可以確定你沒事了。」

羅獵點了點頭，他們目光遇到一起，馬上又都迴避對方，氣氛變得有些尷尬，羅獵主動打破沉默道：「說說你的事情。」

林格妮道：「我沒什麼秘密，你都看到了，陸叔叔救走我之後，培養我長大，其實我一直都在基地從事研究工作，這次是第一次外出執行任務。」

羅獵道：「他怎麼放心你出來？這次的任務畢竟太危險了。」這一直都是羅獵百思而不得其解的地方。

林格妮咬了咬櫻唇，終於下定決心道：「我只剩下不到一年的生命。」

羅獵聞言一怔，他怔怔地望著林格妮。

林格妮勇敢地望著他道：「我小時候就被用來做人體實驗，能夠活到現在已經純屬僥倖，陸叔叔雖然把我救出，可是卻無法改變我的命運，這些年我始終遭受著折磨，我不是一個正常的女孩子，我沒有生理期，我永遠也無法生育……」她的美眸中蕩漾著淚光。

羅獵心疼地望著她。

林格妮吸了口氣，深情地望著羅獵，露出會心的笑容道：「我這輩子最開心的就是能夠和你一起出來執行任務，我本以為我這一生都不可能愛上誰，也不會體會到愛的滋味，可是我遇到了你。」

羅獵想說什麼，可林格妮掩住了他的嘴唇：「你聽我說，你不用有什麼心理負擔，更不要有什麼負疚感，我愛你，我根本不在乎你愛不愛我，我不在乎你心裡有誰，我願意為你付出一切，哪怕是為你去死，我只有一個要求，我死的那天，你將我抱在懷裡好不好？」

她所說的每一個字都震撼著羅獵的內心，羅獵點了點頭，展開臂膀將她緊緊擁抱在懷中。

重見天日，哈爾施塔特處在一片陰雨濛濛中，羅獵呼吸了一口潮濕的新鮮空氣，有種恍如隔世的感覺，回頭看到林格妮走在身後，羅獵不禁笑了起來。

羅獵道：「喪屍病毒真是厲害。」的確是喪屍病毒讓他的理智變得薄弱，理智的薄弱讓他壓抑的本能和野性得到了全面釋放，想起這對林格妮所做的一切，羅獵實在有些難為情。

林格妮在他的耳朵上輕輕咬了一口，然後道：「都是喪屍病毒的緣故？難道你自己就沒有一丁點喜歡我？想要我？」女孩變成一個真正的女人之後，就宛如醒過的紅酒散發出濃郁的芬芳。

羅獵道：「我的意志力還很薄弱，你最好不要勾引我。」

林格妮道：「我就是要勾引你，我就是要你喜歡我……」她親吻著羅獵的脖子。羅獵的理性在漸漸回歸。低聲道：「有人來了。」

林格妮向前望去，看到遊人沿著山路上山，從他們的角度可以俯瞰整個哈爾施塔特小鎮，遊人和小鎮上的居民並不知道這裡發生了什麼，那座深藏在廢棄鹽礦深處的基地已經被完全炸毀，所有的喪屍和怪物也灰飛湮滅，林格妮想起了同樣灰飛湮滅的父親，心情頓時低落下去。

羅獵道：「有件事我並不明白，明華陽既然早已研製成功了喪屍病毒，為何這麼多年都沒有暴露？」

林格妮道：「興許時機不夠成熟，也可能是他擔心一旦將病毒散播出去，連他自己都無法控制。」

羅獵點了點頭，林格妮所分析的可能就是真正的原因。

林格妮道：「我會把資料交給陸叔叔，相信他可以研製出對抗喪屍病毒的解藥。」

羅獵道：「解藥不就是你？」

林格妮嬌滴滴道：「我只是你一個人的解藥。」

羅獵道：「估計我還得繼續服用幾個療程。」

林格妮道：「我看你需要終身服藥。」

兩人同時笑了起來。

林中突然傳來咻咻咻的聲音，卻是有人用電擊槍射擊，羅獵和林格妮的身體都沒有恢復，被電離彈射中之後，周身泛起藍色的電弧，短時間內喪失了反抗的能力。

從林中走出了六名修道士，他們將羅獵和林格妮裝入帆布袋中，然後抬著帆布袋來到了不遠處的滑索旁，將帆布袋扣在滑索上，沿著滑索滑了下去。

羅獵的身體麻痹可是思維仍然正常，他感覺自己的身體在空中滑翔，不一會兒就進入了一個地方，沒多久他被撞了一下，應該是林格妮隨後滑下並撞在了他的身上。

兩隻帆布袋都被扔進了貨車，那輛貨車在貨物到達之後，馬上啟動。

羅獵感覺身體的麻痹感開始漸漸消失，正準備掙扎逃脫的時候，有人在外面隔著帆布袋用麻醉彈給了他一槍，羅獵感到周圍的世界天旋地轉，很快就失去了意識。

羅獵醒來首先尋找林格妮的身影，發現林格妮和自己鎖在一起，她的頭低垂著，長髮遮住大半個面孔，顯然麻醉劑的效力還沒有過去，羅獵環視周圍，他們應該處在某個教堂的地下室內。

羅獵暗自苦笑，那麼凶險的基地他們都殺出一條血路闖了出來，想不到在逃出生天之後居然被人暗算。他們的雙手雙腳都被上了鐐銬，羅獵掙脫了一下，手銬紋絲不動，更麻煩的是，他的雙手被反鎖，這樣開鎖的難度更大。

林格妮此時也醒了過來，看到身邊的羅獵她安心了一些，小聲道：「發生了什麼事？我們這是在什麼地方？」

羅獵道：「應該是教堂的地下室。」

林格妮發現他們的手錶全都被沒收了，如果手錶在，他們可以輕鬆切開鐐銬，可現在必須要考慮其他的辦法了。

羅獵提醒她道：「有人來了！」

林格妮裝出昏睡的樣子，羅獵望著門外，不久就響起開門的聲音，兩名身穿黑袍的修道士走了進來，隨後走入的是桑尼。

羅獵稍稍放下心來，落在桑尼手裡至少要比落在天蠍會手裡要好得多，他想起了母親，不知母親知不知道這件事？既然母親能夠將地玄晶鍛造的十字劍交給自己，就證明她對自己並無惡意，這件事應當不是她做的。

桑尼緩步來到兩人面前，他向羅獵道：「羅先生，想不到咱們又見面了。」

羅獵道：「你抓我們幹什麼？」

桑尼道：「你心裡明白。」他抽出十字劍，用劍鋒挑起羅獵的下頜道：「這柄劍為何落在了你的手裡？」

羅獵心中一怔，他幾乎能夠斷定這件事母親並不知情，否則桑尼不會這樣發問，他微笑道：「我說撿到的，你相信嗎？」

桑尼道：「羅佳琪在什麼地方？」

羅獵知道他所說的羅佳琪就是自己的母親，羅獵並不知道母親的姓氏，想不到她居然姓羅，羅獵笑道：「我都不知道你說什麼。」桑尼揮動左手照著羅獵就是狠狠一拳，他這一拳極重，打中了羅獵的軟肋，羅獵大口大口呼吸著，以此來減緩他帶給自己的痛苦。

林格妮睜開雙目怒道：「有什麼事你只管說，何必動手？」

桑尼呵呵笑道：「你心疼啊？」他伸手捏住林格妮的下巴，林格妮用力掙脫卻無法掙脫開來。

桑尼向羅獵道：「你老實交代，不然，我現在就當著你的面劃爛她的臉！」

羅獵道：「我不知道，我真不知道，她先走了。」

桑尼手中的十字劍慢慢貼在林格妮吹彈得破的俏臉上。

羅獵真不知道母親去了什麼地方，可是眼看桑尼就要一刀在林格妮的臉上劃下去，他只能硬著頭皮道：「她去了維也納！」

桑尼的十字劍停頓了下來：「維也納？」

羅獵點了點頭。

桑尼道：「你沒騙我？」

羅獵道：「我何必騙你，我知道的只有那麼多。」

桑尼放開了林格妮，站起身來，他點了點頭道：「好，我權且相信你一次，如果我發現你在騙我，我會當著你的面將這個女人的肉一刀刀切割下來。」他離開了這裡，房門從外面重重關閉。

林格妮道：「他和那修女難道不是一起的？」

羅獵道：「先離開這裡再說。」

林格妮道：「手銬被他們沒收了。」

羅獵的目光落在她的頭頂，示意林格妮湊過來，他用嘴將林格妮的髮夾叼了下來，讓林格妮轉過身去，將髮夾吐在她的掌心，林格妮又將髮夾遞給了羅獵。

羅獵雙手將髮夾拉直，反手投入鎖眼，半分鐘後終於將手銬順利打開，打開腳鐐和為林格妮開鎖就變得容易了許多，兩人將手銬打開，羅獵低聲對林格妮耳語了幾句。

林格妮尖叫起來：「救命啊！快來人啊！救命……」

不一會兒聽到急促的腳步聲，地牢的大門開啟，兩名修道士衝了進來，藏身在門後的羅獵如同猛虎般衝了出去，掄起手銬狠狠砸在兩人的腦後，將兩人砸暈在地，林格妮過來幫忙，用破布塞住兩人的嘴巴，扒下他們的修道袍將兩人銬住。

兩人穿上修道袍，林格妮找到了手槍和鑰匙，他們走出房門將房門鎖上，沿著台階向上走去，很快就來到教堂的大廳，他們聽到唱詩班在歌唱。兩人快步向大門外走去，因為身穿修道袍的緣故，並沒有引起他人的注意。

他們順利離開了教堂大廳，來到教堂後院，林格妮從一旁的紀念碑上判斷出他們所處的地方應當是在維也納，原來他們被麻醉之後，一直從哈爾施塔特帶到了三百公里以外的維也納。

他們驚喜地發現，他們的汽車就停放在教堂後院的停車場內，兩人向汽車靠近，遠處剛好有四名修道士朝這邊走了過來，羅獵和林格妮慌忙裝出交談的樣子，等到那幾名修道士路過之後，這才重新來到汽車旁。

遙控並不在他們的手中，不過汽車已經錄取了兩人的指紋和虹膜，羅獵悄悄拉開車門，他們進入車內，林格妮溜到後車箱檢查了一下裝備，在隱蔽的保險箱內取出了備用裝備，林格妮用探測儀確定了其他裝備所在的地方，探測儀給出了裝備位置的３Ｄ立體地圖。

想要取回裝備必須重新進入教堂，他們的裝備目前被收藏在教堂右側的塔樓九層。

兩人商量了一下，決定去取裝備，對羅獵最為重要的應當是那把十字劍，只有地玄晶武器才能夠給異能者造成致命傷害，更何況石匣子也落入了對方的手中。

他們仍然穿著修道袍進入了教堂中，來到右側的塔樓內，剛剛走上台階迎面就遇到了一名走下來的修道士，那修道士對這兩名突然出現的陌生人非常懷疑，他用德語道：「喂，停下！」

林格妮倏然伸出手去，藏在手中的電擊槍擊打在那名修道士的身上，修道士渾身顫抖跌倒在了地上，被電擊槍擊中之後，會短時間處於麻痹狀態，羅獵利用修道袍將那名修道士捆住並勒住他的嘴巴，將他塞到了角落裡。

兩人並不想造成太多的殺戮，至少在目前他們和桑尼這些人都有天蠍會這個共同的敵人，就算他們無法成為合作無間的朋友，也不希望樹敵太多。

他們迅速來到九層塔樓，通往小屋只有一道房門，房門是密碼鎖，林格妮利用隨身電腦破解密碼，房門開啟之後，他們進入小屋，他們的裝備基本上都在這裡，羅獵找到了石匣子，只是那柄十字劍並不在這裡，應當是被桑尼隨身攜帶。

取了裝備迅速離開了小屋，還沒有回到下面，就聽到下方傳來嘈雜的聲音，原來被他們打暈的那名修道士已經被發現了。

羅獵和林格妮交遞了一個眼神，他們帶上了面罩，儘量在不造成死亡的情況下衝出重圍。

林格妮向下方扔出了一顆煙霧彈，煙霧彈沿著樓梯滾落下去，那群修道士還以為是炸彈，一個個嚇得趴倒在地上，煙霧彈爆炸之後，整個塔樓的樓道內佈滿白煙，羅獵率先衝入其中，在煙霧瀰漫的環境中，修道士們根本分不清誰是敵人，他們不敢貿然進攻。

羅獵和林格妮順利衝出重圍，林格妮利用遙控啟動了汽車，汽車精確停在兩人身邊打開了車門，他們跳了進去。

此時有十多名修道士從四處衝了過來，看到羅獵和林格妮已經上車，他們也慌忙去取車，準備追趕兩人，羅獵將駕駛模式改為手動，在這樣的狀況下電腦系統自動駕駛顯然不如人腦的應變更快。林格妮給手槍換上電離彈，瞄準後方追蹤而來的轎車就是一槍，子彈射中汽車的前引擎蓋，電離彈的作用是通過破壞汽車的電路系統達到讓汽車失控的目的。

電離彈擊中轎車之後，轎車的電路系統遭到破壞，速度馬上減慢了下去，無論駕車的修道士如何加速，轎車就是無法提速。

第九章

十字劍

羅獵握住十字劍，心中百感交集，
雖然無法向母親說出實情，可他相信母親的內心中
必然是對自己抱有極大好感的，她不希望自己死，
所以才會將這麼珍貴的武器兩次送給自己。

羅獵驅車駛離了教堂，從後視鏡望去，看到後方有四輛汽車跟了上來。

林格妮道：「往美泉宮的方向！」

羅獵語音調出導航，汽車加速朝著美泉宮的方向駛去，越野車的提速能力無法和後面的轎車相比，一輛賓士距離他們越來越近，林格妮瞄準賓士車開了一槍，電離彈卻未能穿破賓士車的鋼板，只是在車身留下了一道劃痕。

賓士車加速來到了他們的右側，開車的修道士猛打方向，撞擊在越野車的車身之上，林格妮因為沒繫安全帶，身體從這一側撞到了另外一側，羅獵提醒她坐好。

賓士車的天窗打開，一名修道士舉起如同漁槍般的武器，瞄準前方行進的越野車射去，一支電離箭徑直射中了越野車，電離箭發射出的藍色電弧沿著越野車周身傳導了出去，羅獵感到越野車突然失去了控制。

越野車斜斜衝出了道路，沿著斜坡向下衝去，很快就徹底失去了平衡，沿著斜坡車身滾動著一路向下，直到坡底。

修道士們也停下了汽車，他們舉著武器向下方衝去。

越野車停穩之後，羅獵一腳將已經變形的車門踹開，伸手將仍然困在裡面的林格妮拽了出來，兩人看到了前方的樹林，趁著敵人還沒有來到近前，他們迅速向樹林中逃去。

修道士接連開了數槍，可是他們並沒有命中目標。越過這片樹林，不遠處就是凱旋門，已經進入了景區的範圍，修道士分散開來，一部分人驅車前往樹林的另外一邊，還有一部分人選擇進入樹林繼續追擊。

羅獵和林格妮脫掉了修道袍，快速通過了樹林，這座被稱為夏宮的著名奧匈帝國皇宮，遊人如織，羅獵和林格妮來到凱旋門混入遊客的隊伍中。

開車進行包抄的修道士也已經出現在凱旋門前，看到眼前遊人如織，這些修道士不由得頭疼起來，想要從這成千上萬的遊人中找到目標談何容易，不過他們又不甘心就此放棄，十多名修道士分散開來，在遊人中也沒有顯得太過突兀。

美泉宮外面的巨大花園內，利用植被修剪成的綠牆宛如迷宮，羅獵和林格妮行走其中，前方三名修道士迎面相逢，兩人迅速拐入右側的通道內，那三名修道士快步追趕而來，等到了通道內卻發現兩人的身影早已不見。

追蹤前來的修道士總共也不過十五人，他們的人手明顯不足，現場人又太多，那三人正在四處張望的時候，羅獵和林格妮從他們的身後繞了過來，三名修道士突然驚覺，可他們的反應速度終究還是慢了一些，被羅獵和林格妮迅速擊倒在地，林格妮抓住一名修道士用軍刀抵住他的咽喉道：「說！桑尼去了哪裡？」

那修道士嚇得結結巴巴道：「聖史提芬大教堂……」

林格妮在他頸後重擊了一掌，將他打暈在地，聖史提芬大教堂有維也納心臟之稱，位於維也納老程霍夫堡宮附近，兩人從右側通道溜走的時候，看到對面又有六名修道士尋了過來，他們慌忙向外面跑去。

六名修道士來到外面，卻見到處都是遊人，想要從遊人中找到目標的位置有些像大海撈針。

兩輛復古馬車從他們的面前經過，幾名修道士向車內望去，裡面並沒有羅獵和林格妮。

馬車漸行漸遠，羅獵和林格妮其實在剛才溜到了後面那輛馬車的底部，憑藉著手腳攀住馬車的底盤，在馬車來到溫室附近的時候，他們鬆開手腳落在了地上，馬車經過之後，兩人從地上爬了起來，離開了美泉宮，叫了一輛計程車，向聖史提芬大教堂駛去。

羅獵尋找桑尼的目的是為了奪回十字劍，因為那柄劍不僅僅是母親送給他的禮物，而且還是用地玄晶鍛造，是他目前唯一可以用來克制異能者的武器。

來到聖史提芬大教堂附近，他們並沒有急於靠近，而是先去附近的商業街，選購了兩身衣服，換上新衣服，經過黑死病紀念柱的時候，看到剛才追逐他們的那些修道士正匆忙向教堂的方向趕去。

羅獵和林格妮就在一旁的長凳坐了下來，羅獵展開臂膀，林格妮偎依在他的懷中，兩人看起來就像是一對熱戀的情侶，不過他們卻注意觀察著教堂前方的動靜。

一名身穿古典服裝的歌劇演員來到兩人面前，向他們熱情洋溢地推銷著歌劇院的門票。

林格妮三言兩語就打發了他，而此時桑尼的身影出現在人群中，桑尼在六名修道士的簇擁下朝著霍夫堡的方向走去。

林格妮小聲道：「要不要繼續跟下去？」

羅獵點了點頭，他們不敢靠得太近，在桑尼離開五十多米後，這才起身跟蹤，羅獵低聲道：「他應當是故意吸引我們跟蹤，如果桑尼想要離開，可以從聖史提芬大教堂的側門離開，如果不想引起我們的注意，他完全可以一個人離開，沒必要那麼招搖。」

林格妮也是那麼認為，在進入霍夫堡北門的時候，她悄悄回頭看了一眼，發現人群中有兩名彪形大漢神情慌張，螳螂捕蟬黃雀在後，羅獵說得沒錯，桑尼是故意招搖過市吸引他們跟蹤，事先已經安排了同夥在後面跟蹤他們。

羅獵鎮定道：「繼續向前！」

此時在他們的左側和右側都出現了可疑人物，羅獵暗叫不妙，他們顯然已經被桑尼的人馬包圍了。

林格妮指了指前方的皇家歌劇院，羅獵明白了她的意思，兩人來到歌劇院的門前買了兩張票，買票的功夫，那群跟蹤者已經不再掩飾行藏，快步向他們追趕而來。

羅獵和林格妮在他們到來之前，進入了歌劇院，那群跟蹤者想要闖入歌劇院，被門前的檢票員攔住。

皇家歌劇院內燈光昏暗，一位女歌者正在舞台的聚光燈下慷慨激昂地唱著，她的聲音穿透力極強，響徹在整個大廳，幾乎所有觀眾都沉浸在這悲涼歌聲製造的氛圍中。

林格妮利用探測儀勾勒出皇家歌劇院的結構圖，她指了指舞台的方向，只有後台有緊急出口可以通過後門離開，其他的緊急出口最終還是要從正門出去。

十多名跟蹤者買了票，他們也進入歌劇院內，在羅獵和林格妮潛入後台的時候，跟蹤者發現了他們，他們迅速追逐了過去。

羅獵和林格妮意識到追蹤者已經到來，他們也顧不上隱藏，直接衝上了舞台，陶醉在自我歌聲中的女歌者，感覺有人從她的身後經過，現場觀眾一開始還未搞清狀況，可隨後又有十多人衝上了舞台，觀眾席頓時一陣譁然。

那女歌者頗為專業，睜開雙目吃驚地望著這些不速之客，可她仍然繼續演唱者。

羅獵和林格妮已來到了後台，兩人從化妝區通過的時候，又引起一陣騷亂。他們在追蹤者跟上來之前離開了後門，羅獵伸手撿起一根木棍將後門給別上。兩人從歌劇院的後門離開，經過這場波折，想要尋找桑尼已經沒有可能，他們只能先行離開。

維也納的夜色就像一杯醇厚的紅酒，沉澱了太多的古典文化，羅獵和林格妮站在酒店的陽台上，遙望著多瑙河兩岸星星點點的燈火。

離開鹽礦之後，羅獵漸漸恢復了過去的理智，對待林格妮也變得溫文爾雅，林格妮卻更喜歡他在鹽礦基地時的狂野和熱情，從身後擁住了羅獵，羅獵握住了她的手，想起林格妮不到一年的生命，心中難免失落，他低聲道：「一定有辦法的，只要找到明華陽應該可以找到解藥。」

林格妮搖了搖頭：「我不在乎什麼解藥，上天待我已經不薄，我不會奢求什麼。」

她附在羅獵的耳邊帶著輕微的喘息道：「我只要你，現在就要……」

羅獵轉過身，望著她柔情似水的雙眸，林格妮貼入他的懷中：「你是不是不喜歡我？」

羅獵道：「我只是覺得對你不公平。」

林格妮道：「那就多補償我一些好嗎？」

此時門外突然傳來敲門聲。

林格妮道：「誰啊？」

一個聲音回應道：「尊貴的夫人，您叫的紅酒。」

林格妮愣了一下，她並未叫任何的服務，羅獵也沒有，兩人對望了一眼，羅獵道：「我去開門！」

林格妮馬上去拿起了手槍，從側方瞄準了門口的位置。

羅獵從一旁拉開了房門，外面果然只是站著一位侍者，那侍者推著小推車，推車上放著紅酒和點心。

羅獵道：「你是不是搞錯了，我們並沒有叫任何的服務。」

那侍者遞給了羅獵一張卡片，羅獵看完卡片上的字頓時明白了，他收下了紅酒和點心，侍者離去之後，林格妮將手槍放下，詫異道：「誰送來的紅酒？」

羅獵將卡片遞給她，林格妮看了看道：「是那個修女？」

羅獵道：「她就在下面的餐廳，我過去見她。」

「我也去。」

羅獵搖了搖頭道：「你留下來休息，她找我應該還有其他的事情。」

林格妮明白羅獵的意思是自己並不方便出面，雖然她很想同去，可她還是遵從了羅獵的意思，將手槍遞給羅獵道：「你自己小心。」

羅獵並沒拿手槍，將手槍放在了她手中，微笑道：「你留著，我用不上。」

羅獵出門的時候，林格妮又叮囑道：「早些回來，我等你。」說話的時候俏臉不由得紅了起來。

羅獵點了點頭。

羅佳琪已經不再是修女的裝扮，她穿著一身白色的套裝，過去的長髮也變成了紅色的短髮，羅獵看出她應該是戴了假髮。

羅佳琪坐在落地窗前，望著多瑙河的夜景，從窗戶的倒影中看到了羅獵，她回過頭來，向羅獵笑了笑道：「坐！」

羅獵在她的對面坐下，發現她的面前只放了一杯咖啡，笑道：「想吃什麼，我請客。」

羅佳琪道：「希望我的禮物沒有嚇到你們。」

「謝謝！」羅獵將菜單遞給母親。

羅佳琪搖了搖頭表示不用，她端起咖啡喝了一口道：「你應該知道我的來意。」

羅獵歉然道：「對不起，十字劍不在我這裡，被桑尼拿去了。」

羅佳琪笑了起來：「我來找你可不是為了追討十字劍。」她從手袋中取出十字劍，在羅獵面前晃了晃，然後重新放了回去，羅獵驚喜非常，原來她已經將十字劍取了回來，不知是桑尼歸還給她，還是她自己去拿了回來。從桑尼逼問她下落的情景來推測，桑尼的動機也絕不單純。

羅佳琪道：「我去鹽礦是為了尋找解藥救人，桑尼的動機卻不僅如此，今天他們在聖史提芬大教堂門前追蹤你們的時候其實我也在現場。」

羅獵道：「他曾經追問過你的下落。」

羅佳琪道：「我離開後就沒有和他們聯絡過。」

羅獵心中暗忖，既然母親已經找回了十字劍，那麼她來找自己又是為了什麼。

羅佳琪道：「你一定很奇怪我為什麼要過來找你吧？」

羅獵道：「我本以為你是來找我要這柄劍的，可現在看來應該不是。」

羅佳琪道：「我的使命已經完成，我之所以過來，是想提醒你一件事，你們夫婦兩人已經引起了天蠍會的注意，包括波切尼和鹽礦的所有事情，他們都算在了你們的頭上。」她停頓了一下道：「所以，我很抱歉。」羅佳琪抱歉的原因是她不可能為羅獵進行解釋，就算是他們做的事情也要羅獵來背黑鍋。

羅獵的反應卻出奇的平靜，他微笑道：「中國有句俗話，虱多不癢債多不愁，對我們來說，一件事和一百件事都是一樣，反正都會引起天蠍會的注意。」

羅佳琪道：「此前是壞消息，我再告訴你一個好消息，好消息是，你不用再到處尋找天蠍會的下落，他們會來找你們的。」

羅獵道：「看來我要做好戰鬥的準備了。」

羅佳琪道：「你並不知道你們將要對抗的是什麼人，我雖然不知道你們受了誰的委託，可是我覺得你是好人，而且……」她笑了笑道：「我總感覺跟你有些似曾相識，可又想不起來我們到底在什麼地方見過，你能不能告訴我，你在哪裡見過我？又是如何知道我的名字？」

羅獵道：「這好像並不重要吧。」

羅佳琪看出他並不想說，歎了口氣道：「你不肯說就算了，總之以後你們可能會面臨無法想像的凶險局面，我幫不上你什麼。」她將十字劍重新拿了出來，遞給羅獵道：「收好了，這次千萬不要再被別人搶走了。」

羅獵握住十字劍，心中百感交集，雖然無法向母親說出實情，可他相信母親的內心中必然是對自己抱有極大好感的，她不希望自己死，所以才會將這麼珍貴的武器兩次送給自己。羅獵收好了十字劍，低聲道：「你認不認識一個人？」

羅佳琪望著他：「說來聽聽。」

羅獵差一點就脫口說出了父親的名字，可話到唇邊又咽了回去：「算了，我想你不可能認識的。」

羅佳琪道：「莫名其妙！」她起身準備離開，羅獵又道：「以後還能見到你嗎？」

羅佳琪轉身向他笑了笑道：「也許，可能！」

羅獵回到房間，林格妮在他走後始終坐立不安，擔心羅獵會遇到麻煩，看到他回來這才放心，聽聞羅佳琪又將十字劍送給了羅獵，忍不住道：「她對你倒真是不錯。」明顯有些吃醋了。

羅獵心中暗笑，林格妮若是知道羅佳琪的真正身分，恐怕要驚得連下巴都掉下來了。

羅獵道：「人家是修女，別瞎說。」

林格妮道：「見習修女！」

羅獵不準備和她在這個話題上繼續探討下去，岔開話題道：「有消息了嗎？」

林格妮點了點頭道：「根據情報，最近捷克發生了幾起超自然事件，這些事件表面上看沒有任何關聯，可通過掌握的情報來看，應當和天蠍會有著脫不開的關係。」

羅獵道：「你準備去尋找線索？」

林格妮道：「是啊！」

羅獵道：「知不知道她剛才跟我說什麼？」

林格妮其實很想知道，只是剛才羅獵不說，她也不好細問。

羅獵道：「她說就算我們不去找天蠍會，天蠍會的人也會找上我們。」

林格妮道：「要找首先也是找他們才對。」

羅獵搖了搖頭道：「很不幸，天蠍會應該把所有的帳都算在了咱們倆的頭上。」

林格妮道：「咱們豈不是為他們背了黑鍋？」

羅獵笑道：「你怕啊？」

林格妮道：「我才不怕，我正想找他們算帳呢。」

陸劍揚揉了揉酸澀的雙目，林格妮傳來的資料讓他意識到形勢極其緊迫，從這些資料可以證明，天蠍會早在十多年前就已經研製出了喪屍病毒，也就是說，明華陽的手中握有極其可怕的武器，如果他有意將病毒散播，那麼所有的人類都將面臨一場空前的劫難。

實驗室的通話器響了起來，陸劍揚接通了通話器，螢幕上出現了麻燕兒的頭像，她笑道：「陸叔叔，你還真是廢寢忘食，該吃飯了。」

陸劍揚這才看了看時間，已經是晚上八點半了，他還沒有顧得上吃飯，陸劍揚關上電腦。來到了外面的休息室。

基地的廚師每天都會給陸劍揚準備晚餐，可最近他幾乎就沒有準點的時候，廚師不敢打擾陸劍揚，只能求助於麻燕兒，誰都知道陸劍揚對這位新人特別的關照。

陸劍揚看了看桌上的飯菜笑道：「很豐盛啊。」

麻燕兒道：「您是小灶，我都沾您的光。」

陸劍揚哈哈笑了起來：「聽起來是對我有些不滿呢。」他坐了下來，接過麻燕兒給他盛的米飯：「燕兒，在基地工作還習慣嗎？」

麻燕兒點了點頭道：「還行吧。」

陸劍揚看出了她的勉強，關切道：「你說，有什麼事情只管對我說。」

麻燕兒道：「就是同事們之間感覺都不太親近，不是不友好，就是大家都和我保持著距離，是不是因為您的緣故？」

陸劍揚笑道：「不是，基地有基地的紀律，哪怕是最好的朋友，在基地都不能走得太近，基地會對每位成員的關係進行調查和監督，這當然沒有窺探他人隱私的意思，而是出於保密的需要。」

麻燕兒道：「明翔是不是因為這個原因離開了基地？」

聽她提起了自己的兒子，陸劍揚歎了口氣將米飯放下：「明翔離開基地不是這個原因，他不喜歡內勤，年輕人總是想做一番轟轟烈烈的大事。」

麻燕兒道：「趁著年輕多做點事情也沒什麼錯啊。」

陸劍揚聽出她言語中對兒子的維護，心中非常高興，看來這兩個孩子還有戲，向來很少過問下一代感情事的陸劍揚瞅準機會問道：「你最近見到他了？」

麻燕兒沒有否認，臉紅了起來。她小聲道：「還是他去聯合國執行任務之前的事情，他這次要去好久。」

陸劍揚點了點頭，兒子上周去了位於維也納的聯合國辦事處，他的任務是去調查一起跨國洗錢犯罪，而國際反洗錢資訊中心就位於維也納的聯合國辦事處，陸劍揚不由得想起了林格妮，這個可憐的女孩兒，在他心中早已當成了自己的女兒一樣，羅獵和林格妮在歐洲的調查行動取得了一定的進展，可是他們的處境一定是非常危險的。

因為任務的特殊性，總部不可能公開給他們支持，他們的行動保持著絕對的秘密，陸劍揚對於此次的行動考慮極其周密，絕不可以讓羅獵和林格妮的行動和官方聯繫起來，不然萬一暴露，一定會在國際上產生軒然大波。

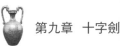

麻燕兒以為陸劍揚是在擔心兒子，她輕聲道：「陸叔叔，您不用擔心，明翔現在成熟了許多。」

陸劍揚笑了起來：「成熟，他再成熟還是我的兒子。」

麻燕兒道：「那是當然，在您眼中，我們始終都是長不大的孩子，可您在老祖宗眼裡也一樣。」

陸劍揚抿了抿嘴唇似乎有所感觸，他感歎道：「有段時間沒去探望她老人家了，燕兒，明天有沒有空，一起過去？」

麻燕兒道：「我是去不成了，剛來基地，好多工作都不熟悉，必須要加班來適應工作，您自己去吧，反正我去了也插不上話。」

陸劍揚點了點頭道：「那好，我自己去。」

麻雀最近的身體欠佳，陸劍揚來探望她的時候，剛好家庭醫生在為麻雀檢查身體，麻國明在一旁陪著，他向陸劍揚使了個眼色，兩人來到了門外，沒有打擾醫生的工作。

陸劍揚道：「怎麼了？老太太身體不好？」

麻國明點了點頭道：「最近都不太好，醫生說她的身體機能在這一段時間衰退得很厲害，恐怕沒多少時間了。」

陸劍揚皺了皺眉頭，心情頓時沉重了起來，他安慰麻國明道：「人都有這一天，老太太已經是高壽了。」

麻國明道：「我也想開了，只是我總覺得奶奶最近不開心，好像有許多心事，我問她她又不肯說。劍揚，你知不知道奶奶最近到底發生了什麼事情？」

陸劍揚知道，可是他卻無法向老友道明實情，他歎了口氣道：「老人家的心事我又怎麼能夠知道？」

麻國明道：「我總覺得她喜歡你多過我。」

陸劍揚道：「你才是她親孫子。」

麻國明搖頭道：「你知道的，我不是！」他這樣說並沒有任何對老人家不敬的意思，他的父親是被老太太收養的，老太太一生未嫁，這也算不上什麼秘密。

陸劍揚道：「這話要是讓老太太聽到非教訓你不可。」

麻國明充滿憂傷道：「我寧願她爬起來打我一頓，老太太已經有半個月沒下床了。」

此時醫生和護士離開房間，麻國明過去相送，陸劍揚進入房內探望老太太。

麻雀躺在床上，雪獒蜷伏在床邊靜靜守護著老人，陸劍揚望著精神萎靡的老人，內心中湧現一陣酸楚。

麻雀伸出乾枯的手握住了陸劍揚的大手，虛弱無力道：「劍揚……你來了……」

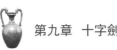

「奶奶，我來了，最近工作實在是太忙，所以沒顧得上來看您老人家，您生我氣了吧？」

麻雀搖了搖頭道：「不生氣，你們都有大事要做，我……我沒什麼事……我好得很……」

陸劍揚道：「奶奶，您想不想出去看看？」

麻雀又搖了搖頭，她緊緊抓住陸劍揚的手道：「他還好嗎？」

陸劍揚知道她口中的他指的是羅獵，只能是羅獵，他點了點頭道：「好，他人在歐洲，就像您說的一樣，天下沒什麼事情能夠難住他。」

麻雀道：「你……你是不是威脅他做什麼事情？」

陸劍揚慌忙道：「奶奶，我不敢，我怎麼敢呢，再說，他那麼精明，我就算想威脅他也沒那個能力。」

麻雀的唇角露出會心的微笑：「算你有自知之明。」

陸劍揚從她的臉上看到了驕傲和自豪，他默默感動著，這是一種怎樣的感情，可以讓一個人付出一生去等待，矢志不渝。

麻雀道：「別忘了你答應過我的事。」

陸劍揚道：「您放心，我一定會盡全力幫他。」

麻雀點了點頭，她向陸劍揚招了招手，陸劍揚向她湊近了一些，麻雀附在他的耳邊道：「時空機器是不是研製成功了？」

陸劍揚搖了搖頭，如實答道：「短期內沒有任何可能，據我所知最近的一次實驗以失敗告終，相關部門已經暫停了研究計畫，至少五年內不會重啟。」

麻雀的表情充滿了失落，她是全心全意地在為羅獵著想，她已經不久於人世，只希望有生之年能夠看到羅獵返回他的時代，希望羅獵能有和家人重聚的機會，可現在看來應該希望渺茫了。

麻雀知道陸劍揚一定察覺到了什麼，只是他不會在自己面前點破，麻雀也不會主動向陸劍揚坦陳一切，她閉上雙目道：「如果有可能，可不可以讓我跟他說說話？」

陸劍揚搖了搖頭道：「我聯繫不上他。」這並非是他絕情，而是因為他不想羅獵給麻雀一家帶來不必要的麻煩。

麻雀長歎了一口氣，既然無緣何必相見？在她的一生中曾經無數次設想過和羅獵的重逢，只是她怎麼都沒有想到在他們再度相逢的時候，羅獵依然年輕而自己已經老態龍鍾，她對羅獵的那份感情早已昇華，她沒有想過要得到什麼，也沒有想過羅獵給自己任何的回報，只想能夠幫助羅獵滿足他的心願，幫他回到他的世界中去。

陸劍揚道：「我雖然聯繫不上他，不過我知道他平安無事。」

麻雀有些疲憊地閉上了眼睛：「你去吧，我想休息了。」

陸劍揚應了一聲，悄悄推出門外。

麻國明也送醫生回來了，小心翼翼道：「奶奶說什麼了？」

陸劍揚道：「她說累了。」

麻國明憂心忡忡道：「她過去從不知道什麼是累。」

陸劍揚拍了拍他的肩膀道：「以後咱們多陪陪她。」

麻國明點了點頭，又道：「燕兒在你那邊怎麼樣？」

陸劍揚道：「很好，這孩子我看著長大，一直聰明伶俐，以後我會重點培養她。」

麻國明道：「你調她過去工作就沒有別的意思？」

陸劍揚笑了起來：「明翔跟她好像又和好了。」

麻國明指著陸劍揚的鼻子道：「老狐狸，就知道你沒安好心。」

陸劍揚哈哈大笑起來：「你不是也希望他們兩個走到一起？」

麻國明歎了口氣道：「可不是嘛，這倆孩子挺合適的，可總是鬧彆扭，希望好事多磨吧。」

陸明翔在維也納的工作並不順利，聯合國反洗錢資訊中心提供給他的資料有限，這在工作中是常有的事情，雖然名為聯合國，這個機構在運行了一百多年之後，也沾染上了所有繁瑣機構應有的毛病，辦事效率低下，各部門相互推諉，人浮於事，陸明翔幾次都險些和這些傲慢的辦事人員衝突起來，可是想起臨行前麻燕兒的交代，就硬生生忍下了怒火。

陸明翔發現歐洲的沒落是必然的，走在萊茵河畔，迎面吹來的涼風讓陸明翔心中的鬱悶稍稍減輕了一些，臨來之前他本以為一周之內就能夠辦完所有的事情踏上歸程，可現實卻讓他意識到自己恐怕要多耽擱一些時間。

多瑙河上遊艇來來往往，岸上的人熱情地向船上的遊客揮著手，陸明翔無意中從遊艇上看到了兩張熟悉的面孔，開始還以為自己看錯，可眨了眨眼睛，再次確認，遊艇上有一對男女，他們顯然都是黑頭髮黑眼睛黃皮膚的中國人，男子高大英俊，女子美麗典雅，陸明翔卻認出女子竟然是秘密基地的林格妮，他曾經和林格妮共事過半年的時間，男的卻是羅獵。

從林格妮手挽羅獵的親昵狀況，不難推測出他們現在的關係，陸明翔心中極其不解，他們怎麼會在一起？林格妮在秘密基地有第一美女之稱，其實不僅是秘密基地，就算放眼整個基地她的美貌也是首屈一指，陸明翔也曾經對她產生過追求之心，只不過林格妮對人過於冷淡，他也知難而退。可看林格妮現在的樣子哪還有一點冷若冰霜的模樣？真正提起陸明翔注意的原因是羅獵上了基地的黑名單，屬於被基地秘密緝捕的對象之一。

陸明翔甚至懷疑林格妮就是羅獵在基地的內線，他看到了遠處的碼頭，於是向碼頭快步走去。

羅獵和林格妮果然在碼頭下船，他們今天就準備離開維也納，林格妮提出要乘船遊覽一下多瑙河的風光，羅獵答應了她，所以才有了這次的登船經歷。

陸明翔遠遠看著他們下船，林格妮挽住羅獵的臂膀緊貼在他的身邊，兩人之間的情侶關係已經確定無疑。陸明翔不敢靠得太近，生怕被他們發現，在人群中悄悄撥通了父親的電話。

陸劍揚那邊已經是夜幕降臨，收到兒子的電話他笑了笑：「明祥，我還以為你不知道打電話呢。」

陸明翔道：「爸，您猜我見到誰了？」他用手機視頻即時傳送著遠方兩人的身影，然後又低聲道：「羅獵，他怎麼和林格妮在一起？」

陸劍揚皺了皺眉頭，他沒料到會這麼巧，兒子去聯合國執行任務，居然能夠邂逅在歐洲展開調查工作的羅獵和林格妮。

陸明翔道：「爸，這次他逃不掉，我馬上聯繫國際員警協助抓捕。」

陸劍揚慌忙阻止道：「別衝動！」他又不想將真實的情況告訴給兒子，斟酌了一下道：「此事涉及到我們的國家機密，不可以驚動國際刑警組織。」

陸明翔道：「那我跟著他，爸，您可以給我一些增援嗎？」他還是有自知之明的，知道單憑著自己恐怕無法對付羅獵和林格妮，在這裡他們並非孤立無援，只要父親一聲令下可以調動附近的情報人員。

陸劍揚正色道：「明翔，你給我聽著，一定不要靠近他們，你做好自己份內的事情就行，其他的事情無需你過問。」

「爸，我知道，您不用擔心我，我要走了，先掛了！」

「明翔……」對面已經掛上了電話，陸劍揚再打對方已經是暫時無法接通的狀態，陸劍揚霍然站起身來，他心中有些擔心，自己的這個兒子是不服輸的性子，自從上次在基地被羅獵催眠，並利用他逃離了基地，陸明翔就將這件事視為奇恥大辱，事實上他也因為這件事被調離了基地。陸劍揚知道兒子雖然不說，可心裡始終記掛著這件事，如今在歐洲遇到了羅獵，一定要爭這口氣，更何況羅獵在基地登上了內部黑名單，除了自己之外，並沒有其他人知道羅獵的真正身分。

陸劍揚暗暗叫苦，可一時間無法和羅獵取得聯繫，在他們出任務之前，他和林格妮就已經確定了聯繫方法，雖然肯定能夠聯繫上林格妮，可是並不是現在就能夠辦到的事情。

陸明翔悄悄跟在羅獵和林格妮的身後，為了避免被他們發現，他離得很遠，戴上了墨鏡。

羅獵和林格妮打了輛計程車，陸明翔也叫了輛車，向司機道：「跟著前面那輛車。」

司機一臉漠然地望著他，陸明翔塞給他一張十歐元的小費，司機馬上笑顏逐開：「樂意效勞！」

陸明翔暗罵了一句見錢眼開，此時他的手機又響了起來，陸明翔看到是父親的電話，皺了皺眉頭，終於決定還是不接，他知道父親想說什麼，無非是勸自己不要跟蹤，無非是為了自己的安全著想，父親應該是出自內心的關懷。可這更激起了陸明翔的好勝心，在父親的眼中自己始終是個需要保護的孩子，他根本不認為自己能夠獨立解決這件事，他認為自己在羅獵面前沒有絲毫的勝算。

司機在紅燈前停下，陸明翔有些焦急，他生恐跟丟了前面的目標，向司機道：「能不能快一點？」

司機道：「紅燈。」

陸明翔直接塞給了他一百歐：「追上去。」

司機收了錢，仍然無動於衷，懶洋洋道：「你不用著急，他們肯定是前往維也納火車站的。」

陸明翔道：「你怎麼知道？」

司機笑道：「前面那輛車和我很熟。」

陸明翔暗罵這司機狡猾，早知如此自己就不必花這份冤枉錢。

羅獵和林格妮果然在火車站下車，陸明翔給了車費，外面天空下著雨，他將甩帽拉起罩在頭上，快步向車站內走去，他看到羅獵和林格妮兩人進入車站後直接上了下行的扶手電梯，陸明翔看了看指示牌，下面有洗手間和行李寄存處，他們應該是去拿行李的。

陸明翔果然猜中，羅獵和林格妮正是去取行李，羅獵和林格妮說了一聲，林格妮一個人去取行李，羅獵則去了洗手間。

陸明翔等羅獵進去之後，他也跟著進了洗手間，此次追蹤的成本又增加了一塊。

羅獵來到小便池旁，還沒等他解開褲帶，就聽到身後傳來一個熟悉的聲音道：「別動！」

羅獵記憶力超群，對聲音幾乎可以做到過耳不忘，他第一時間判斷出是陸明翔，心中頗感差異，他並沒有發現陸明翔在跟蹤自己。

羅獵道：「至少也得讓我先方便一下。」他慢條斯理地解開了腰帶。

陸明翔道：「信不信我一槍打爛你的頭？」

羅獵道：「人有三急，這事兒老天爺都管不了。」

陸明翔聽到嘩嘩的水流聲，他真是佩服羅獵，在這樣的狀況下居然還能夠收放自如，這份心理素質一般人可沒有。

遠處一名滿臉絡腮鬍子的中年人望著他們，陸明翔道：「員警辦案，看什麼看？」

那中年人搖了搖頭，顯得頗為無奈，他束好腰帶，似乎要向外走去，可突然他從懷裡掏出了一把手槍，瞄準羅獵就扣動了扳機。陸明翔本以為他是羅獵的同夥，形勢的發展卻大大出乎了他的意料，羅獵向前傾斜，躲過那顆近距離射來的子彈。中年人想開第二槍的時候，陸明翔宛如出閘之虎，他衝了上去，利用身體的衝力撞擊在那名中年人的身體上，他本以為可以將對方撞倒在地，卻想不到對方體格魁梧雄壯，雙足如同在地上生根一般。他的全力撞擊並沒有讓對方移動分毫，中年人一把抓起了他猛然向上扔去。

陸明翔的身體重重撞擊在洗手間的天花板上，羅獵一把將小便池拽了下來，揚起小便池重擊在那中年人的腦後，小便池的碎瓷片碎裂一地，蠻牛一樣的中年人卻絲毫無損，他舉槍向羅獵的額頭近距離開槍，羅獵一偏頭躲過他的射擊，抓住他的手腕，一拳重擊在中年人的面門。

中年人似乎根本沒有痛覺神經，在遭受這次重擊之後，抓住羅獵的手臂，將他整個人掄了出去，羅獵的身體橫飛出去撞擊在坐廁的隔門上。在他身體飛出的同時，一道白光從他的手裡彈射而出，卻是碎裂的瓷片。

瓷片正中中年人的右眼，高速射出的瓷片將中年人的右眼打爆，中年人舉槍準備瞄準羅獵射擊的時候，陸明翔衝了上去，他並沒有攜帶手槍，一把抓住中年人握槍的手腕，一刀從中年人的左肋向上斜行刺入。

中年人在接連接受重創的情況下仍然沒有丟掉反擊的能力，他獰笑著將槍口轉向陸明翔。

陸明翔的力量遠遜色於對方，根本無力掙脫，更讓他震驚的是，剛才中年人被射瞎的眼睛，竟然以驚人的速度開始癒合，千鈞一髮之時，羅獵忍痛爬起，揚起手中十字劍，從中年人的後心插入。

中年人的身軀猛然一緊，槍從手中掉落下來，陸明翔摔倒在地上，眼看著中年人魁梧的身軀向他壓了過來，羅獵一把抓住他的衣領，將陸明翔向後拖出一段距離。

中年人趴倒在地上，他的後心露出一個藍色半透明的創口。

羅獵道：「快走！」說完他就快步離開了洗手間。

在出口處看到了聞聲趕來的林格妮，羅獵向林格妮使了個眼色，他們迅速向火車站外走去。

陸明翔也跟著驚慌的人群一起逃出了車站，得到消息的員警和安保人員正從四面八方靠近這裡，用不了多久整個車站都會被包圍，到時候想要脫身就難了。

陸明翔來到外面，看到羅獵和林格妮若無其事地向北過了馬路，然後向東走去。

陸明翔快步跟了上去。

羅獵和林格妮意識到了他在跟蹤，很快向左拐入了巷口，陸明翔進入巷口發現已經沒有了他們的蹤影，正在張望的時候，身後傳來林格妮的聲音：「陸明翔，你有完沒完？」

羅獵也閃身從前方的巷口出來。

陸明翔舉起雙手，表示自己並沒有惡意。

羅獵道：「這裡不宜久留，有什麼話，前面再說。」

三人繼續向東走去，很快來到了美景宮的前方，這裡距離火車站已經有相當遠的一段距離，三人停下腳步，林格妮道：「你居然跟蹤我們？」

陸明翔道：「只能說是偶遇吧，你可以解釋一下為什麼你會和他在一起？」

林格妮語氣冷淡道：「我沒必要向你解釋。」

陸明翔道：「你違背了原則。」他只差說出背叛這個詞了。

林格妮道：「我和基地已經沒有任何關係，所以不存在背叛的問題，陸明翔，我警告你，最好離我們遠一些，不然我絕不會給陸主任面子。」

羅獵站在一旁，彷彿發生的事情和他沒有任何關係一樣。

陸明翔道：「你知不知道他是誰？」

林格妮點了點頭道：「我知道他剛剛救了你的性命。」

羅獵已經走向遠方，站在噴水池旁等候著林格妮，林格妮向陸明翔道：「為了你自己的安全考慮，你最好馬上離開這個地方。」

陸明翔道：「你們是不是在執行任務？」

林格妮沒有繼續說下去，轉身離開。

陸明翔望著兩人遠去的背影，這次終究沒有追上去。他的電話又響了起來，這次陸明翔接通了電話，雖然父親很想選擇和他視頻通話，可陸明翔並不想讓父親看到自己鼻青臉腫的模樣，於是理智地選擇了語音。

陸劍揚的聲音再度傳來：「明翔，我以上級的身分命令你，你不可以靠近他們，更不可以採用任何的手段或形式跟蹤尾隨。」

陸明翔淡然道：「放心吧，他們已經走了。」

陸劍揚從兒子的語氣中聽出了有些異常，大聲道：「明翔，你沒事吧？」

陸明翔搖了搖頭道：「沒事，爸，如果沒有其他的事情我掛了。」

羅獵和林格妮錯過了他們的那班列車，他們決定放棄從火車站前往，死在洗手間的中年人一定會引起奧地利當局的注意。林格妮利用新的身分租了一輛富豪旅行車，驅車前往捷克布拉格。

這是一款老式的汽車，甚至都不是自動擋，不過羅獵喜歡這種操縱的感覺，林格妮正在她的掌上型電腦上輸入著什麼，她的表情很凝重，羅獵推測到她應當是因為陸明翔這個不速之客。

從陸明翔的表現來看，他應當不是受了陸劍揚的委派來監視他們的，可能只是一個巧合，羅獵並沒有將這次的偶遇放在心上。

林格妮對陸明翔表面雖然冷漠，可是她心中卻是關心陸明翔的，這關心更是一種愛屋及烏，她知道陸劍揚只有一個寶貝兒子，如果陸明翔因為接近他們而被連累，是所有人都不想看到的事情。

林格妮忙活了半個多小時才放下了電腦，如釋重負道：「陸明翔是前往聯合國執行任務的，他出現在這裡和我們沒有任何關係。」

羅獵道：「這個年輕人應該並不糊塗。」

林格妮笑了起來：「年輕人，他比我還大一歲呢。」

羅獵道：「在我眼中你只是個小女孩。」他當然有資格說這句話。

林格妮道：「小女孩？你怎麼忍心對一個小女孩做出那種事情？」她的手指了指羅獵的兩腿之間。

羅獵道：「矜持，女孩子要矜持。」

林格妮道：「你忘了拉拉鍊了。」

羅獵低頭看了一眼，忍不住笑了起來，剛才在洗手間形勢太過凶險，他居然忽略了這個細節，自己也不是一點都不緊張，生死關頭難免疏忽。

林格妮湊過來幫他拉上。

羅獵道：「你休息一會兒吧，接下來應該不會太平。」

林格妮道：「洗手間的人是個異能者？」

羅獵點了點頭。

「這樣看來，天蠍會已經出動了。」

羅獵道：「這些異能者的自癒能力很強，應該遠遠超過了你。」

林格妮道：「應當都和明華陽有關，此人真是太陰險了。」陸續出現的異能者讓林格妮感到事態的嚴重，明華陽這些年雖然低調了許多，可是從未停止過他邪惡的研究。

羅獵道：「接下來你打算從哪裡入手？」

林格妮猶豫了一下，終於還是開口道：「有消息表明，龍天心在布拉格老城區出現過。」

羅獵聽到龍天心的名字，唇角的笑容漸漸消失，龍天心此前的所作所為對他而言等同於背叛。

林格妮偷偷觀察著羅獵的表情，她並不瞭解羅獵和龍天心之間的關係，可她能夠確定的是，羅獵和龍天心之間絕不是單純的雇傭關係。林格妮道：「現在不單是天蠍會，其他國家的諜報部門也盯上了她，所以我們必須要搶在其他勢力之前先找到龍天心。」

羅獵道：「她可沒那麼容易對付。」

林格妮道：「你好像很瞭解她？」

羅獵道：「如果這個世界上有人能夠對付天蠍會，她無疑是其中的一個。」這絕不是羅獵過度推崇龍天心，而是因為龍天心的確擁有這樣的能力，她掌握了太多的秘密，而且她還擁有不少的地玄晶礦石，羅獵有理由相信，龍天心已經利用礦石製造出了不少的武器。

第十章

不和諧的插曲

發生在維也納火車站的事情
表明羅獵和林格妮正面對著一群強大的敵人，
羅獵的舉動也證明他並不是壞人，陸明翔的職業本能告訴他，
羅獵和林格妮一定在執行某項不為人知的任務，
而自己的出現成為一個不和諧的插曲。

龍天心靜靜坐在查理大橋上，一位街頭畫家正在比照著照片畫著肖像，龍天心看了看，畫得還算滿意，她多給了那街頭畫家一些錢，讓他將那張肖像放在展板上，此前她已經付錢讓三名畫家做了同樣的事情。望著大橋上熙熙攘攘的人群，看到許多東方面孔正在擺著種種的pose拍婚紗照，望著眼前一張張洋溢著幸福的面孔，龍天心忽然感覺自己距離這個世界很遠。

和羅獵不同，這已經不是她第一次進入未來的時代，她本是西夏國的公主，在九幽秘境沉睡了八百多年，她的第一次甦醒是在民國初年，她和羅獵的淵源已經持續了一百多年。

想起羅獵，龍天心居然感到有些不安，她很少會產生這樣的感覺，早在她幼年時候，她就擁有了寧可我負天下人，不可教天下人負我的感悟，她利用那次墜機脫身，並帶走了本屬於羅獵的東西。

只是龍天心並沒有想到事情的後續發展會如此複雜，她費盡心機得到的那個鐵塊至今也搞不清用途，龍天心是個不輕易認錯的人，可現在她卻有些後悔了，也許當初捨棄羅獵是個錯誤。

查理大橋並沒有想像中浪漫，可能是因為周圍遊人眾多的緣故，龍天心沒有了任何欣賞風景的心情，望著來來往往的人群，她反倒產生了一種前所未有的孤單感覺。

龍天心在查理大橋流覽風光之時，羅獵和林格妮剛剛辦完了入住手續，他們所住的地方距離布拉格老城廣場很近，廣場上有許多模仿雕塑的流浪藝人，林格妮路過藝人身邊的時候向他的帽子裡放了五歐元的硬幣。

羅獵警惕地望著周圍，布拉格和他過去印象不同，雖然多半建築仍然保持著過去的樣貌，可因為大量遊人的湧入，這座古城顯得雜亂而無序。不遠處的天文鐘還在修葺之中，圍擋擋住了這座布拉格的標誌性建築，仍然有遊人在前方駐足，與圍擋外面天文鐘的彩繪合影。

羅獵並沒有發現有人跟蹤他們，林格妮對街道兩旁店鋪中琳琅滿目的工藝品產生了濃厚的興趣，羅獵耐心陪著她，望著笑容滿面的林格妮，實在無法想像她的生命只剩下一年，羅獵發現自己雖然穿越時空，仍然被一個魔咒困擾著，只要和自己走近的女人總會遭遇這樣或那樣的不幸。

他也明白林格妮的事情和他無關，在她幼年時就已經遭遇了毒手，現在的醫學要比過去不知先進多少，而陸劍揚的身分完全可以為林格妮提供當今世界上最頂級的醫療資源，儘管如此他還是束手無策，否則他應該不會讓一個被他視為己出的女孩出來冒險。

羅獵感覺自己就像一個漂泊無助的旅客恰恰遇到了林格妮這個生命即將逝去的女孩，他們的相逢更像是兩顆流星在浩瀚宇宙中的邂逅，相處的時光美麗卻短暫。

羅獵不知自己是否還有機會回到過去，他暗暗下定決心，在他停留在這個時代的每一天，他要對林格妮好一些，就算他有一天終會離去，就算他無法挽回林格妮短暫而美麗的生命，都要讓他們相處的日子美好而溫馨，要讓林格妮沒有遺憾。

「噯！老公。」林格妮的呼喚聲讓他回到現實中來。她佩戴著一串水晶項鍊，向羅獵道：「好不好看？」

羅獵點了點頭：「好看！」

林格妮讓店員包起來的時候，羅獵已經去搶先付了錢，林格妮紅著臉道：「我問你可不是要你為我花錢。」

羅獵笑道：「為你花錢我心甘情願，再說了，你戴首飾也是為了給我看，我賞心悅目，花錢也是應該的。」

林格妮嬌羞滿面，內心卻喜悅非常，嬌嗔道：「你就會甜言蜜語。」

羅獵讓店員不用包裝，拿了項鍊親自給林格妮戴上，卻看到林格妮美眸中淚光蕩漾，還以為自己誤會了林格妮的意思，詫異道：「怎麼了？不喜歡？」

林格妮搖了搖頭忽然抱住了他，羅獵在眾目睽睽之下被她突然抱住，也有些不好意思，向來堅強的林格妮抽噎道：「這還是我第一次收到你的禮物。」

羅獵內心一酸，林格妮命運多舛，她需要的其實根本不是什麼禮物，而是愛和關心。

羅獵打趣道：「我送你一條水晶項鍊你就投懷送抱，如果我送你一條鑽石項鍊，你不得……」

林格妮紅著臉放開了他，緊緊握住他的手，兩人離開了水晶店，林格妮方才小聲道：「你想怎樣就怎樣。」嬌羞嫵媚的模樣看得羅獵內心為之一蕩。

兩人前往查理大橋的途中發現不時有人向羅獵張望，他們暗暗警惕了起來，等到了查理大橋上，才發現為何引人關注。幾乎在每個街頭畫家的展示板上都有羅獵的畫像，有寫實有漫畫，不過這些街頭畫家的水準都很高，將羅獵的面部特徵抓得非常準確。

林格妮有些納悶道：「你好像沒讓他們畫過像吧？」

羅獵道：「不用問，一定是有人在惡作劇。」他找了一個街頭畫家詢問，馬上明白有人花錢給這些畫家讓他們臨摹照片，然後還貼在展板上。

林格妮已經開始收購羅獵的畫像，這些街頭畫家也趁機哄抬物價，林格妮將查理大橋上所有的畫像搜集完畢足足花去了兩千歐元，這可是一筆不小的數目。

龍天心站在布拉格城堡的高處，利用望遠鏡鎖定了查理大橋上的羅獵，望著一臉無奈的羅獵，她的唇角露出會心的笑意，她有種占了上風的勝利感，不過很快她的笑容又消失了，因為她看到一個身材高挑，氣質端莊的美麗女孩挽住了羅獵的手臂，羅獵非但沒有表現出任何的抗拒，反而顯得很享受，他們兩人親切地說著什麼。

羅獵還擁住那女孩在大橋上照了一張合影，龍天心放下望遠鏡，雙眸中迸射出嫉恨交加的怒火，她咬牙切齒道：「羅獵，我還以為你當真是個至情至聖的奇男子，原來也不過如此！」

羅獵從林格妮的手中接過畫像一張一張地看，在其中一張畫像的背後看到了一行用鉛筆書寫的夏文，羅獵馬上猜到這行文字是龍天心所寫。

林格妮不懂夏文，羅獵解釋道：「是龍天心，她約我去教堂門前相見。」

林格妮道：「她總算現身了。」

羅獵抬頭向城堡望去，他相信龍天心一定站在高處觀察著他們，之所以在查理大橋留下那麼多自己的畫像，就是為了方便觀察自己的動向，此女心機太深，在她的概念中從沒有以誠相待這四個字。

林格妮道：「要不要去見她？」

羅獵道：「去！」

林格妮又道：「我方不方便？」

羅獵笑了起來：「怎麼不方便？當然方便！」

羅獵的估計並沒有錯誤，他們在教堂前撲了個空，並沒有發現龍天心的影子，龍天心應該是突然改變了主意，放棄了和他相見的計畫。兩人在古堡內停留了接近兩個小時，龍天心仍然沒有和他們聯繫，於是他們決定返回旅館。

回到旅館，前台交給林格妮一封信，林格妮拆開那封信一看，卻是一張邀請函，邀請今晚前往格林威酒店會面，請柬的署名讓林格妮吃了一驚，竟然是明華陽。他們原本千方百計想要將明華陽引出來，想不到明華陽居然主動找上門來。

羅獵首先想到的可能是一個騙局，明華陽受到國際通緝，就算他來到布拉格也不敢明目張膽地露面。不過兩人認為這是一次機會，無論是不是圈套，他們都要前往一探究竟。

晚上六點的時候，一輛黑色賓利停在酒店門前，這是前來接林格妮的專車，林格妮和羅獵事先做出了計畫，他們決定分頭行動。

司機拉開車門，林格妮來到車內坐下，她抬起腕錶看了看時間，耳內傳來羅獵的聲音：「放心，我跟在你的身後。」

車行十多分鐘就抵達了目的地，司機為林格妮打開車門，身穿黑色晚裝的林格妮下了車，她的身材極好，這身晚禮服更襯托得她高貴典雅不凡，在林格妮走入格林威酒店之後，易容成為一個老者的羅獵也進入了酒店。

如果發出邀請函的真是明華陽，那麼今晚註定會危險重重。

侍者將林格妮引領到預訂的位置，一位身穿白色襯衣頭髮灰白的歐洲男子站起身來，他微笑招呼道：「林小姐，您好！」

林格妮望著眼前陌生的男子，沒有掩飾心中的不悅：「好像邀請我來這裡的不是你。」

那男子道：「在下麥克肖恩，這是我的名片。」他禮貌地將名片呈上。

林格妮看了一眼，對方是大英情報六處的，他果然不是明華陽甚至也不是天蠍會的人。

麥克肖恩道：「請坐，既然來了，我想我們應當好好談談。」

林格妮坐了下來，麥克肖恩將菜單遞給了她，林格妮擺了擺手表示自己並沒興趣和他共進晚餐，漠然道：「肖恩先生有什麼事不妨明說，我還有其他事。」

麥克肖恩笑了笑道：「是這樣，我收到了一些關於你的情報。」

林格妮道：「什麼情報啊？我只是一個普通遊客，也值得你們如此關注？」

麥克肖恩道：「林小姐只怕不是一個普通遊客吧？看來你對我們的工作缺乏瞭解，我們的情報網絡滲透到世界的每一個角落，其實從林小姐來到歐洲就已經引起了我們的關注。」

林格妮微笑道：「我是該榮幸呢，還是應該感到無奈？」

麥克肖恩道：「我有證據可以證明你是中方特工人員。」

林格妮的表情波瀾不驚，對方明顯在詐自己，她和羅獵的記錄非常乾淨，除了陸劍揚之外任何人都查不到他們和基地的關係。林格妮道：「據我所知歐洲也是一個法治社會，肖恩先生說話要負責的，沒有證據的話最好不要亂說，我想這一點無需我來提醒你吧？」

麥克肖恩拿出了一張照片，放在桌上推到林格妮的面前，林格妮定睛望去，那照片上卻是她幼年時和父母一起照的全家福，林格妮內心劇震，甚至連她都已經沒有了這張照片，對方是怎麼拿到的？

麥克肖恩道：「這個小女孩你認識吧？」

林格妮冷冷望著他，麥克肖恩難道是明華陽的人？不然他又從哪裡得到了這張照片。

麥克肖恩道：「我希望你和我們配合抓捕明華陽。」

林格妮道：「如果我不答應呢？」

麥克肖恩聳了聳肩道：「如果你不答應，我有許多辦法可以將你送到監獄，一個任何人你都聯繫不到的地方。」

林格妮道：「威脅我？」

麥克肖恩道：「需要我提醒你這裡是什麼地方嗎？」

林格妮淡然道：「貴國不是早已脫歐了？」

麥克肖恩笑了起來，他端起面前的紅酒搖曳了一下，望著對面的林格妮似乎認定了她會屈服。

林格妮搖了搖頭道：「我不會跟你合作！」

麥克肖恩臉上的笑容消失了，他從牙縫中擠出一句話：「那麼你很快就會後悔，一定會……」他的話音未落，一顆子彈穿透了左側的玻璃窗，從他左側的太陽穴內射了進去。

林格妮看到鮮血和腦漿從麥克肖恩右側太陽穴噴了出去，她慌忙趴在了地上。

狙擊手一槍幹掉了麥克肖恩之後並沒有繼續射擊，麥克肖恩的手下從門外衝了進來。

坐在遠處化妝成為老人的羅獵，抓起桌上的托盤扔了出去。托盤旋轉著擊中了那名特工的鼻樑，特工慘叫一聲，一屁股坐在了地上。

林格妮爬起身向羅獵那邊跑去，又有兩名特工聽到動靜進入了餐廳，他們舉槍射擊。

羅獵擲出兩柄飛刀，分別射中兩人的手腕，兩人手中槍掉落下來，林格妮凌空飛躍，一雙美腿左右飛踢，將兩人踢倒在地，落地之時才意識到自己剛才走光了。

羅獵示意她低下頭去，抓起一旁的花瓶就扔了出去，一名剛剛進入餐廳的特工被砸中面門，摔倒在地上。

羅獵已經事先查勘過地形，他牽住林格妮的手向廚房的方向走去，林格妮撩起長裙取下大腿外側的手槍，反手就是一槍，射中一名追趕他們的特工的小腿。

兩人快步進入後廚，廚師們因為突然出現的兩名不速之客而慌成一團，林格妮舉槍指著其中一人道：「出口在什麼地方？」

廚師趕緊指了指出口的方向。

突突突突，兩名端著衝鋒槍的特工已經衝入了後廚，對準羅獵和林格妮就展開了掃射。

羅獵和林格妮躬下身，利用操作台的掩護迅速向出口靠近，不及逃走的廚師被當場射殺在地，林格妮看到了一旁的平板推車，她將推車向前一推，身體就勢躺倒在推車上，雙手握槍在推車離開操作台後方的剎那，對方也進入了她的射程，林格妮接連兩槍，將兩名特工擊斃當場。

羅獵抓起一把餐刀猛然扔了出去，餐刀如風車般在空中旋轉，噗地一聲插入一名剛剛進入後廚的特工的額頭。

林格妮將高跟鞋脫掉，赤腳和羅獵一起快速離開了後廚的出口，兩人剛剛出門，就被一陣密集的槍火逼迫得躲在了垃圾桶的後方，羅獵摸出了一顆閃光彈，向敵人的方向扔去，閃光彈在遠處爆炸，槍聲暫時停歇。戴上護目鏡的林格妮第一時間衝了出去，一槍將那名負責圍堵的特工射殺。

他們快步來到後方的街道，走過街道，進入前方的名士夜總會，夜總會燈光昏暗，舞台的正中三名脫衣舞娘正在搔首弄姿挑逗著在場的顧客，顧客們在酒精的麻醉下一個個興奮的舞動著身體。

他們尋找後門離開的時候，經過洗手間，一名身穿機車服的男子湊上來想要跟林格妮親近，卻被林格妮一把扼住了咽喉，然後屈起右腿的膝蓋狠狠頂在那男子的兩腿之間，機車男子連吭都沒吭就被林格妮制住，現場嘈雜混亂，根本無人關注這邊發生了什麼事情，林格妮在羅獵的掩護下，將那名男子拖入洗手間內，迅速扒下那男子的衣服。她換上男子的衣服，解開髮髻，和羅獵並肩走出了洗手間。

羅獵也在這段時間內將假髮和鬍鬚摘掉，有多名西裝革履的男子來到了夜總會內，不過夜總會變幻的燈光讓他們尋找目標變得異常困難。

羅獵和林格妮決定從正門離開，兩人來到門外，林格妮看到外面的一排機車，她嘗試著摁了一下遙控，並沒有花費任何功夫就找到了屬於機車男的比亞喬摩托。

她將車鑰匙丟給了羅獵，羅獵來到摩托車旁，啟動了引擎，林格妮坐在他的身後，單手摟住他的腰，此時從夜總會內十多名彪形大漢衝了出來，其中兩人還攙扶著那個被扒去衣服只剩下內褲背心的機車男。

一群機車黨衝出夜總會的時候，羅獵已經駕駛著摩托車轟鳴著駛入了大路。十多名機車黨慌忙去取車，爭先恐後地追趕上去。

羅獵駕駛著摩托車駛入布拉格的車河之中，他車技很好，在車流中來回穿梭，林格妮轉身看了看，那群機車黨仍窮追不捨。她舉起了手槍，瞄準一輛最接近他們的機車，扣動扳機，子彈準確命中了機車的前輪，那輛機車頓時失去了控制，駕車人因為慣性飛向了半空，重重摔在地上，後方的汽車因為擔心撞到他而緊急變向剎車，這直接造成了後面的車輛來不及躲避撞在了前面汽車的側門上。

羅獵在車河中不斷改變著方向，林格妮看到後方再無機車黨追來這才鬆了口氣。可她的神經馬上就緊繃起來，因為對面有一輛越野車正朝著他們迎面駛來，那輛越野車經過特殊改裝，鋼板很厚，其實就是一輛小型的裝甲車，一輛本田躲避不及被越野車側面撞擊，如同被刀斧斜行削掉了小半個引擎蓋。

羅獵非但沒有減速，甚至沒有任何變向的打算，他加大油門向前衝去，在距離那輛車還有一段距離的時候，大吼道：「坐穩了！」

林格妮感覺摩托車的前部突然上提，她下意識地抱緊了羅獵的身體，摩托車原地騰空而起，落在了對方車輛的引擎蓋上然後繼續向上衝去，在轟鳴聲中駛過車頂，越過這輛越野車落在車尾後方。

林格妮轉身射擊，瞄準越野車的後輪接連開槍。

羅獵駕駛摩托車全速前進，很快他們就消失在車河之中，那輛越野車因為後輪被林格妮擊中而爆胎，車輛撞擊在護欄之上，從車內下來了四名西裝革履的男子，他們全都屬於情報六處，其中一人狠狠用槍托砸在引擎蓋上。

羅獵和林格妮已經充分考慮到了今晚會面可能的後果，羅獵將摩托車停在路邊，兩人沿著河畔的小路繼續前行，走出不遠就是列儂牆，他們提前租好的汽車也停在附近。

他們上了車，林格妮馬上脫掉這身帶著煙味的衣服，在後座換上了她自己的衣服，將頭髮紮成馬尾，她用掌上型電腦查了一下道：「去郊區，那裡有一座安全屋。」

羅獵根據林格妮給出的地點導航駛入了主路，兩人的心情都有些凝重，今晚麥克肖恩的死必然會引起軒然大波，很可能會導致情報六處出動最精銳的特工來對付他們。

林格妮憤然道：「一定都是明華陽的陰謀。」

羅獵道：「你怎麼知道？」

換好衣服的林格妮從扶手箱處爬了過來，她將手中的照片晃了晃，羅獵看了一眼，也認出那小女孩是幼年時的林格妮。

林格妮道：「這張照片是我們一家在鹽礦秘密實驗室內拍的，也是……我們最後的一張合影。」說起這件事她難免傷感。

羅獵伸出手輕輕摸了摸她的後腦勺，以此表示安慰。

林格妮轉臉偷偷抹去淚水：「我沒事！」

羅獵道：「這麼說，明華陽已經知道了你的身分，他還把你的資料提供給了情報六處？」

林格妮道：「可是他是怎麼知道我就是當年被擄入基地的小女孩？」

羅獵道：「難道說有內奸？」

他的話讓林格妮不寒而慄，可是她馬上就否認了這個可能，搖了搖頭道：「不可能，我們的事情只有他知道，他絕不會洩露我們的消息。」

羅獵道：「你在基地並非是絕對的秘密，陸明翔不是就認出了你？我們在歐洲最近發生了不少的事情，也留下了不少的線索，不排除有人調查你的可能，就算我們和他單線聯繫，也無法保證你我的資訊百分百保密，基地內部或許就有明華陽的眼線。」

林格妮道：「我會通知他，讓他從內部徹查這件事。」

陸劍揚總算從視頻上看到了兒子，看到他鼻青臉腫的樣子就知道他吃了不少的苦頭，陸劍揚並沒有訓斥他不聽話，知子莫若父，他知道這小子心底非常叛逆，如果自己呵斥他一頓，保不齊還會鬧出什麼事情，陸劍揚表面上雖然嚴厲，可心底對這個兒子是極其在意和關心的。

陸明翔的神情有些沮喪，他本想通過這件事來證明自己，他非但沒有將羅獵抓住，如果沒有羅獵的出手相助恐怕自己已經死在了那怪人的手裡，陸明翔將發生在維也納車站的事情向父親詳細說了一遍，如果不是父親堅持要跟他視頻通話，他是無論如何都不想現在這個樣子出現在父親面前的。

「爸，林格妮和羅獵他們是不是為您工作？」陸明翔通過發生的這一系列事情也猜到了一些端倪。

陸劍揚冷冷道：「管好你自己的事情，我要你馬上回國，聽到了沒有？」

陸明翔道：「爸，您好像忘了，我現在不屬於基地，也不屬於您領導，我目前的工作還沒完成……」

陸劍揚怒道：「我讓你回來，你最好馬上回來，不然我就讓你的直屬領導給你下達命令。」

陸明翔道：「爸，您聽我說，我答應您，我不再過問他們的事情，可是我自己還有工作要做，我總不能……」外面響起敲門聲。

陸明翔讓父親稍等，他起身去開門，來到門前，首先確認了一下是侍者，他才打開了房門，可是當他打開房門之後，侍者被推到了一邊，兩名彪形大漢闖了進來，其中一人舉槍瞄準了陸明翔道：「陸先生吧？」

陸明翔內心一沉，他向後退了一步，桌上電腦視頻通話並沒有關，他知道父親一定看清了正在發生的一切。

遠在國內基地的陸明翔一顆心提到了嗓子眼，他看到發生了什麼，恨不能馬上就衝到兒子身邊，可是他不能，他愛莫能助，只能眼睜睜看著一切發生。

陸明翔臨危不亂，鎮定道：「你們是誰？」

其中一人道：「我們是歐盟特殊事件應對中心的工作人員，有證據表明你和發生在維也納火車站的命案有關，所以我們需要你跟我們回去協助調查。」

陸明翔道：「看來兩位並不知道我的身分，我擁有外交豁免權。」

「我們只是請陸先生協助調查，不是要扣押，還請陸先生配合我們的工作，以免傷了和氣。」對方話語中的威脅含義已經非常明顯。

陸明翔點了點頭道：「好吧，我換身衣服。」他走向房間，闖入房內的兩人亦步亦趨，時刻緊盯。

陸明翔穿上外衣在兩人的陪同下離開了房間，關上房門的剎那，他趁機向攝影機的方向看了一眼。

陸劍揚看到兒子離別時的目光，一顆心提到了嗓子眼，在房門關閉之後，他馬上接通了歐盟特殊事件應對中心，視頻截圖中那兩人的照片發給了對方，請求幫忙確認身分，他很快就得到了回應，這兩人根本不是對方組織內的工作人員。陸劍揚其實在證實這兩人身分之前就有了預感，他開始著手通知陸明翔的上級領導佈局救人。

陸劍揚做完了能夠做的一切，此時麻燕兒過來找他，他沒有將兒子在歐洲可能被劫的消息告訴她，多一個人知道也只是多了一個人擔心，對營救沒有任何的幫助。

麻燕兒一臉驚慌之色，陸劍揚看到她的神情誤以為她已經知道了，麻燕兒含淚道：「陸叔叔，老祖宗快不行了，我……我要請假……」

陸劍揚聞言一怔，福無雙至禍不單行，兒子的事情還沒有得到解決，這邊老太太又出事了，他沒有多想，低聲道：「走，我跟你一起過去。」

陸劍揚這一路上心神不定，在腦中默默梳理著是否還有沒有考慮到的地方，他幾乎動用了在歐洲所有能夠動用的力量，他期待著兒子能夠憑藉他的智慧脫困，可心中又明白這種可能性不是太大，在孤立無援的情況下如果選擇和對方硬抗，恐怕兒子會面臨更大的危險。

關心則亂，陸劍揚提醒自己一定不可以失去冷靜，他想起兒子和羅獵他們的邂逅，難道是這次的邂逅才引起了犯罪集團的注意？陸劍揚猶豫再三，還是決定將兒子失蹤的消息通報給林格妮，不過他和林格妮之間並非是直接聯繫，為了保密，每次都是他給出特定的信號，林格妮接到信號之後，通常會在三個小時內跟他聯繫，當然也有例外的時候，林格妮前往哈爾施塔特地下鹽礦實驗室的時候，就有整整三天中斷了聯絡。

「到了！」麻燕兒提醒道。

車停穩之後，麻燕兒率先推門跑了出去，陸劍揚也跟著下車。

老太太正在醫院的ＩＣＵ搶救，她的子孫們都在外面等著，麻國明擁抱了一下哭著前來的女兒，拍了拍她的肩頭表示安慰，然後將女兒交給了她的母親。

陸劍揚來到麻國明面前：「怎麼樣了？」

麻國明搖了搖頭，表示情況很不樂觀，他和陸劍揚來到遠離人群的地方，低聲道：「奶奶始終在叫一個人的名字。」

「羅獵？」

麻國明道：「對，就是他！老太太念念不忘，是不是將這個人請來見她一面？」

陸劍揚搖了搖頭，他沒有說話，在麻國明看來是一種否決。

此時醫生從ＩＣＵ裡面出來，他找到陸劍揚，老太太點名要和他見上一面。

陸劍揚知道老太太並不是要見自己，她一定想知道關於羅獵的消息，換上無菌衣之後，陸劍揚來到老太太的病床前。看起來麻雀的精神還算不錯，她向陸劍揚笑道：「你……來了……」

陸劍揚點了點頭道：「我在聯繫，他應該很快就會回電話過來。」

麻雀搖了搖頭道：「不要告訴他，如果他知道連我都走了……他會覺得自己更加孤獨……」

陸劍揚抿了抿嘴唇，他點了點頭，他能夠明白老人家這種無私的愛。

麻雀道：「你會幫他的對不對？」

陸劍揚道：「一定！」

麻雀道：「你會為我保守秘密對不對？」

陸劍揚笑道：「您老人家有秘密嗎？我怎麼不知道？」

麻雀笑了起來，她指了指一旁的文件袋道：「幫我給他。」然後輕聲道：「你……你讓他們進來吧……」

麻雀在一個小時後離開了這個世界，陸劍揚也是在她去世之後收到了林格妮的電話，尊重老太太的意思，在電話中他並未提起麻雀去世的事情，只是將兒子失去聯絡的消息說了，他並不是想讓林格妮和羅獵插手這件事，只是提醒他們要小心。

掛上電話，陸劍揚打開了那文件袋，發現其中裝著一份古舊的房契，陸劍揚不知這房契代表了什麼，也許只有羅獵才懂得其中的真正意義。

羅獵夢到了麻雀，年輕時的麻雀向他微笑道別，眼看著麻雀青春美好的身影在面前漸漸消失，羅獵霍然驚醒，他從床上坐了起來，已經是一身的冷汗，羅獵起身來到酒櫃前，倒了杯酒，發現林格妮仍然在外面查閱資料。

羅獵給她倒了一杯酒送到她的面前，林格妮這才注意到他醒了，接過酒杯溫婉笑道：「謝謝！你怎麼醒了？」

羅獵道：「還沒睡？」

林格妮道：「睡不著，陸明翔失蹤了。」

羅獵聞言一怔，他馬上想到這件事可能與他們有關。

林格妮道：「你說他會不會被人綁架？」

羅獵道：「應該不會吧，他這次的任務也不是針對天蠍會，也許只是失去聯絡，說不定他有別的事情去做？」

林格妮點了點頭道：「希望如此，我就是想幫忙，也不知應該從何處入手，畢竟這件事到目前為止沒有任何的頭緒。」

羅獵道：「也不是全無頭緒，如果真的被綁架，綁匪肯定會聯絡有關方面提出要求。」

林格妮道：「希望他不是被綁架，也希望這件事和我們沒有關係。」

蒙在陸明翔眼前的黑布被人解開，白熾燈的光芒也顯得異常強烈，陸明翔瞇起雙目，好一會兒才適應了這裡的光線，他看到剛才帶自己過來的兩名男子舉槍對這他，在他的身後還有兩名全副武裝的男子。

陸明翔道：「需要我重申一遍嗎？我擁有外交豁免權，我要見你們的上司，我要對你們的所作所為提出嚴正抗議。」他心中明白發生了什麼，可是又不能表露出來，他要用偽裝來迷惑對手。

幾名武裝分子同時笑了起來，其中一人拿出了陸明翔的手機。

陸明翔看到手機暗自鬆了一口氣，只要手機在就能夠提供他精確的位置，救援人員就可以鎖定他被困的地方。

其中一人道：「裡面的跟蹤裝置已經被我們拆除了，所以沒有人會找到你。」

陸明翔內心一沉，這些人顯然屬於一個訓練有素的集團，他們不但擁有強大的武裝還有高超的反跟蹤手段。人在身處危機的時候通常會激發出前所未有的潛力。

陸明翔道：「你們需要我配合哪方面的調查？」

「明天晚上讓這兩個人去卡帕爾古堡，只要他們準時前去，你自然會獲得自由。「

陸明翔看到照片上的羅獵和林格妮，頓時明白了他們抓自己的目的，他們是要以自己為人質，逼迫羅獵和林格妮現身，陸明翔的內心充滿了懊悔，如果他聽從父親的奉勸沒有去找羅獵的麻煩，或許就不會捲入這場風波。

發生在維也納火車站的事情表明羅獵和林格妮正面對著一群強大的敵人，而羅獵的舉動也證明他並不是一個壞人，陸明翔的職業本能告訴他，羅獵和林格妮一定在執行某項不為人知的任務，而自己的出現成為一個不和諧的插曲。

陸明翔搖了搖頭道：「我沒有他們的聯繫方式，我甚至不認識他們。」他的話剛一說完，右肋就遭到了一次重擊，陸明翔因為劇痛而呼吸困難，整個臉都漲紅了，過了好一會兒方才緩過氣來。

對方冷冷道：「最好不要撒謊，你最好馬上打電話，我不管你通知誰，聯絡誰，我們只要明天晚上見到這兩個人，否則，你就會死。」

陸明翔道：「你們死了這條心吧……」他的話沒說完又遭到了一次重擊。

陸明翔的電話響了起來。其中一人拿起了他的電話並接通。

電話那端傳來一個冷靜的聲音道：「開出你們的條件。」

綁匪哈哈笑了起來，他將通話轉為了視訊模式，讓對方可以看清被控制的陸明翔，然後又將羅獵和林格妮的照片湊到攝影機前：「你看清楚，明天晚上九點，我希望這兩個人出現在卡帕爾古堡，只要他們出現，我們就會放了人質。」

「你們聽好了，如果人質出現任何問題，我會動用所有力量追殺天蠍會！」

綁匪愣了一下，沒想到對方竟識破了他們的來歷，沒等他回應對方已經掛上了電話，綁匪冷冷看了陸明翔一眼而後道：「轉移！」

陸劍揚疲憊地揉了揉眉頭，事態嚴峻，他最擔心的事情還是發生了，兒子落入了天蠍會的手裡，如果說還有些僥倖的話，對方應該還沒有查到他和自己的關係，陸明翔的外交護照上用的也不是他本來身分。

陸劍揚猶豫再三，他決定親自去歐洲一趟。

麻國明給自己放了假，這些年他很少休息，他認為自己生來就是一個勞碌命，本來指望著公司上軌道之後能夠退下來，可商場上競爭之激烈讓他無法安心居於幕後，本身強勢的性格又讓他做事喜歡親力親為，老太太臨終之前拉著他的手，讓他不要整天忙著工作，要多關心家人，要學會享受生活，麻國明為了老太太的後事破天荒請了假。

其實很多事都有他的助理去處理，突然休息下來的麻國明感覺自己的內心有些發空，他此時才意識到在奶奶去世之後自己已經是家裡年齡最大的長輩了，那頭陪伴了老太太幾個月的雪獒蜷伏在靈堂門口始終望著靈堂的方向。

麻國明走了過去，伸出手輕輕摸了摸雪獒的長毛，雪獒沒有任何過激的反應，麻國明歎了口氣道：「你以後就跟著我吧。」

身後響起陸劍揚的聲音：「牠有主人的。」

麻國明站起身來，看了陸劍揚一眼道：「工作很忙啊？」從老太太去世到現在陸劍揚總算是露面了，麻國明的語氣中明顯帶著不滿，按照他的想法，陸劍揚應該像自己一樣始終守在這裡才對。

陸劍揚道：「我可能無法參加奶奶的葬禮了。」

麻國明瞪大了雙眼，在他看來奶奶對待陸劍揚絕不次於自己，在如此重要的時刻，陸劍揚怎麼可以缺席呢？他不解道：「為什麼？」

陸劍揚料到麻國明會有這樣的反應，他低聲道：「明翔在歐洲遇到了麻煩，所以我要儘快趕過去。」

麻國明馬上意識到絕不會是小事，否則陸劍揚也不會放下這裡的事情前往歐洲，而且陸明翔現在已經調動了工作，陸劍揚也不是他的直屬領導，能讓陸劍揚親自去處理的事情肯定很大，他低聲道：「很麻煩？」

陸劍揚點了點頭道：「我想借用一下你的私人飛機。」

麻國明毫不猶豫地答應了下來：「沒有任何問題。」陸劍揚找他借飛機還是破天荒頭一次，麻國明越發意識到事情的嚴重性。

陸劍揚道：「我去給奶奶磕頭。」

麻國明一把抓住了他的臂膀：「你老實告訴我，明翔到底出了什麼事情？」

陸劍揚猶豫了一下，還是決定把實情相告：「他可能被綁架了。」

麻國明聽到這個消息頓時緊張了起來，他早已將陸明翔視為了自己的女婿，在女兒和陸明翔和好之後，他們的感情突飛猛進，想不到又出了這種事，麻國明道：「要錢嗎？只要他們開口，我這邊沒問題的。」

陸劍揚握住麻國明的手，他明白老友和自己一樣焦急，叮囑道：「這件事千萬不要讓燕兒知道，知道的人越少，明翔就越安全，需要用錢的時候我不會跟你客氣。」

麻國明道：「你這個老糊塗，還不趕緊去，我未來女婿要是有什麼閃失，我饒不了你。」他掏出電話立刻就安排私人飛機的事情。

陸劍揚默默來到靈堂內，望著老太太的遺像，恭恭敬敬跪下磕了三個頭。

林格妮醒來的時候，看到羅獵已經在健身，看了看時間已經是清晨八點，想起自己是凌晨三點才入睡的，林格妮向羅獵道了聲早安，起身去洗漱。

等她洗漱完畢，回來從加密郵箱內看了看最新的消息，看到了陸劍揚轉發來的消息，讓她詫異的是，陸劍揚已經來到了歐洲。

羅獵用毛巾擦了擦汗，向林格妮道：「妮妮，我先去洗個澡，然後我們一起下去吃晚餐。」

林格妮道：「我要出去一趟。」

羅獵道：「要不要我陪你？」

林格妮搖了搖頭道：「不用，我很快就回來。」

羅獵道：「小心啊！」

林格妮一個人來到了附近的跳蚤市場，途中她非常小心，畢竟他們現在不僅僅得罪了天蠍會，還有情報六局，麥克肖恩的死被栽贓到了他們的身上，情報六局已經發出了秘密通緝令，幾乎整個歐洲的情報機構都在追擊他們。

林格妮出門時化了妝，戴上金色的假髮，藍色美瞳，她的皮膚本來就白皙，走在一群金髮碧眼的歐洲人中並沒有顯出任何的違和感，進入跳蚤市場的時候她還花了二十克朗購買門票。

林格妮發現薑是老的辣，陸劍揚選擇在這裡見面的確非常的穩妥，她在跳蚤市場內走了一圈，方才在一個賣二手黑膠唱片的地攤前看到了陸劍揚。

陸劍揚的愛好之一就是收藏黑膠，雖然他現在並沒有淘貨的心情，可是他知道林格妮熟悉自己的習慣，應該可以循著這條線索順利地找到自己。

林格妮看了看周圍確信沒有可疑人物，這才在裝成淘貨者的陸劍揚對面蹲了下來，兩人面對面挑選著紙盒內的黑膠唱片。

陸劍揚放下了手中的一張黑膠唱片，林格妮拿了起來，付錢之後馬上離開，全程兩人沒有說一句話，甚至都沒有眼神交流。

從得悉陸劍揚來到歐洲，林格妮就意識到出了大事，這件事應該和陸明翔的失蹤有關。

陸劍揚在林格妮離去之後，又挑選了幾張唱片，付錢之後，慢慢離開了跳蚤市場，來此之前，他是非常矛盾的，如果不是沒有了其他的選擇，他不會來見林格妮，為了救自己的兒子讓林格妮和羅獵冒險，這樣的行為有公器私用之嫌。

可是陸明翔的事應陷入了僵局，如果不滿足綁匪的條件，兒子很可能會被撕票，陸劍揚並沒有向國際刑警組織求援，讓外部勢力介入只會讓事情變得撲朔迷離，相對來說兒子的風險也會變得更大，對他國組織而言，陸明翔的性命或許並不重要，更看重的是能否將天蠍會的首領明華陽抓住。

請續看《替天行盜》第二輯卷六 再造強者

替天行盜 II 卷5 紫府玉匣

作者：石章魚
發行人：陳曉林
出版所：風雲時代出版股份有限公司
地址：10576台北市民生東路五段178號7樓之3
電話：(02) 2756-0949
傳真：(02) 2765-3799
執行主編：劉宇青
美術設計：許惠芳
行銷企劃：林安莉
業務總監：張瑋鳳

初版日期：2022年5月
版權授權：閱文集團
ISBN ：978-626-7025-60-4
風雲書網：http://www.eastbooks.com.tw
官方部落格：http://eastbooks.pixnet.net/blog
Facebook：http://www.facebook.com/h7560949
E-mail：h7560949@ms15.hinet.net
劃撥帳號：12043291
戶名：風雲時代出版股份有限公司

風雲發行所：33373桃園市龜山區公西村2鄰復興街304巷96號
電話：(03) 318-1378
傳真：(03) 318-1378
法律顧問：永然法律事務所 李永然律師
北辰著作權事務所 蕭雄淋律師

行政院新聞局局版台業字第3595號 營利事業統一編號22759935

定價：290元

國家圖書館出版品預行編目資料

替天行盜 第二輯 ／ 石章魚 著. -- 臺北市：風雲時代出版股份有限公司，2022.02- 冊；公分

ISBN 978-626-7025-60-4（第5冊；平裝）

857.7 110022741